50 años después de una primavera en París

Luis José Mata

ISBN-13: 978-1-63065-093-3
ISBN-10: 1-63065-093-5

PUKIYARI EDITORES
www.pukiyari.com

Una novela para el 2018:
los hechos y personajes que se parezcan a la
realidad son pura coincidencia.

He decidido llamar a esta novela *50 años
después de una primavera en París*, porque todas
las palabras son ciertas —París es la ciudad donde
comenzaron y ocurrieron las cosas al final de la
estación de primavera, hace cincuenta años.

A mis nietos queridos: Alan, Diego, Silvia, Sofia

ÍNDICE

Prólogo

Después de la Revolución Francesa, París se convirtió en un punto de encuentro en sí mismo, era, y quizás continúe siéndolo, la ciudad que hay que visitar al menos una vez en la vida. A través de la historia, pensadores, escritores, artistas y hasta políticos no se consideraban realizados si no habían permanecido un tiempo en esa fantástica ciudad, poco importaba si lo hacían en la opulencia o en la más absoluta ruina, lo trascendental era vivirla. Incluso a muchos les sorprendió la muerte allí y hoy descansan en el tradicional Cementerio de Montparnasse. De esta manera, se han convertido en contertulios incidentales en la gran charla de la eternidad, lo cual crea cierta fascinación entre los mortales, a juzgar por el gran número de visitas que recibe cada año el camposanto. Allí, pueden llegar a suscitarse conversaciones imposibles, según cuentan… Al parecer, ese lugar lleno de historias dispares fue la fuente de inspiración para que el autor nos narrara la historia que tiene como marco los hechos ocurridos en París, en mayo de 1968.

Eglée siempre quiso conocer París, aunque ignoraba a ciencia cierta la razón para ello. Probablemente se debía a su afición por la lectura, ya que era la ciudad europea de la que conocía más cosas: su historia, sus museos, sus monumentos, sus restaurantes, el Sena y la Torre. Por ello, cuando cumplió la mayoría de edad decidió que continuaría su formación universitaria nada menos que en la prestigiosa Universidad de La Sorbona.

Lo anterior podría ser el prólogo de cómo ella, una joven típica de los años sesenta, pasó a ser testigo presencial de la primavera del 1968, tal como supuestamente la bautizó Didier, ambos personajes de la factoría imaginaria que Mata nos propone en su obra.

Los sesenta fueron años convulsos en todo el mundo occidental. Los estertores de la desolación que dejó la Segunda Guerra Mundial continuaban presentes. Aunque se había alcanzado cierto bienestar, desde el punto de vista económico, ya comenzaban a aparecer síntomas de un grave deterioro, a juzgar por el creciente número de desempleados, donde los jóvenes resultaban ser uno de los grupos más afectados.

En el imaginario popular imperaba la idea de que cualquier cosa podía pasar y acabar con la existencia y la aparente estabilidad alcanzada después de la guerra. Obviamente, existía razones para ello, ya que eran los momentos de mayor conflictividad entre las dos potencias que dominaban la escena mundial: Estados Unidos y la Unión Soviética; era la época de la Guerra Fría.

Los ciudadanos comenzaban a cuestionarse el sistema de dominación practicado por la vieja Europa, la Unión Soviética y los Estados Unidos, desatándose un movimiento de solidaridad que se oponía al imperialismo. En este sentido, la Guerra de Vietnam motorizó muchas movilizaciones y protestas, sobre todo entre los estadounidenses; que para finales de los sesenta eran ya un tema internacional. También, la lucha por los derechos civiles ocupaba el interés de la gente y canalizaba mucho del descontento, especialmente entre los más desfavorecidos. La Primavera de Praga, marcada por una liberalización política durante un período muy breve, y la posterior invasión a Checoslovaquia por parte de la Unión Soviética y sus aliados del Pacto de Varsovia, también constituyeron hitos importantes en esta década que abonó el rechazo al poder hegemónico de las potencias.

En esta realidad, surge también el movimiento *hippie*, una contracultura que propugnaba el espíritu libertario, el pacifismo y el amor libre. La música fue una de las expresiones artísticas que capitalizó toda esta ebullición de ideas y acciones dando lugar a canciones emblemáticas, casi todas de protesta, y al nacimiento al público de los grupos y celebridades más famosas. Los Beatles, los Rolling Stones o artistas como Bob Dylan no fueron ajenos a esta realidad. De hecho, la década termina con el famoso festival de Woodstock en 1969. En estos años se producen varios asesinatos políticos, donde destacan los de John F. Kennedy (1963), Malcolm X (1965), Martin Luther King (1968) y Robert F. Kennedy (1968). Como broche de oro, la carrera espacial, establecida entre los dos colosos, la ganó Estados Unidos cuando puso el hombre en la superficie lunar, en julio de 1969.

En el ámbito internacional, las protestas antibelicistas se sucedieron en diversos países. En Francia, las guerras en sus antiguas colonias desencadenaron una gran polarización entre la población. Las manifestaciones que fueron reprimidas con gran brutalidad por parte de la policía dieron lugar a una corriente estudiantil radical que se manifestaba de manera abierta en contra de esas actuaciones. Para inicios de 1968, muchos de los grupos estudiantiles organizados se fueron desplazando ideológicamente hacia la izquierda y motorizaron importantes movilizaciones antimperialistas o estaban detrás de gran parte de la agitación universitaria previa al Mayo Francés.

Todos clamaban por cambios reales que influyeran en sus vidas para alcanzar una mejor sociedad. Lo que ocurrió esa primavera en París de hace cincuenta años resonó en todo el mundo occidental con mayor o menor virulencia. Quizás por esa condición de punto de encuentro o por aquel viejo refrán del siglo XIX que decía: "Cuando París estornuda, toda Europa se resfría"; esos sucesos se convirtieron en el acelerador de una especie de revolución que tuvo repercusiones en diversas áreas de la vida de los ciudadanos en diferentes países, tanto de América como de Europa. Hoy le toca al mundo decidir si fueron para mejor o peor luego de pasar por el prisma del tiempo.

Fue en los setenta cuando el autor de esta novela por fin pudo conocer París, llevaba un itinerario que quería cumplir a rajatabla y lo primero en su lista era constatar de cuenta propia aquello de que aún quedaban las consignas y grafitis emblemáticos del movimiento político y cultural de 1968 en las paredes, entre los muros y recovecos de la ciudad. Sin duda alguna, en francés, cada palabra empleada sonaba mucho más profunda e intelectual, probablemente porque poseen la impronta de los principios de Libertad, Igualdad y Fraternidad, divisas proclamadas y heredadas de la Revolución Francesa.

Tomando como telón de fondo o punto de partida los eventos que caracterizaron la primavera del mayo de 1968, el autor de esta novela nos ofrece con maestría un viaje insospechado en tiempo y espacio que despierta todos los sentidos: vista, oído, olfato, gusto y hasta el tacto. Eglée, Théo, Amy y Edgar, todos ficticios, se comportan como si realmente hubiesen estado en el lugar de los acontecimientos, y quizás, solo quizás, de alguna manera lo estuvieron… a juzgar por lo que nos narran a lo largo de partes de sus vidas.

Si al terminar de leer esta obra uno se queda con ganas de conocer más sobre los hechos relacionados con el Mayo Francés y, además, desea transitar por todos los lugares de encuentro de los protagonistas, se habrá cumplido el principal objetivo del autor: entretener a través de la lectura.

Clara Alarcón

Gijón, 2018

Eglée y sus cosas

Un día de primavera en París del 2018, Eglée recordó que cuando ella tenía apenas veintitrés años entregó, el 1 de mayo de 1968, el manuscrito de su tesis de grado en la Secretaría de la Escuela de Humanidades de La Sorbona. Ella esperaba defenderla en una semana. Al día siguiente, caminó desde su bonito apartamento en la rue Campagne Première hasta el edificio donde estaban las aulas de clase de la universidad; quería saber para cuándo fijaron la fecha de su defensa. Ese día estaba feliz, pero se sorprendió cuando vio que la puerta de entrada al edificio se encontraba cerrada por fuera con cadenas y candados. Evocó con nostalgia los árboles en la plaza de La Sorbona, y siguió recordando...

Un ruido la hizo voltearse y vio a unos estudiantes sentados en la grama de un jardín cercano levantando unas pancartas y gritando: «*Sois jeune et tais toi*». Esto le pareció algo totalmente inesperado. *¿Qué sucedía y por qué gritaban como consigna: «Soy joven y cállate»?*, se preguntó Eglée.

Ella no sabía absolutamente nada sobre algún plan para la toma de la Escuela de Humanidades. Tampoco sobre la organización de una manifestación por parte de sus compañeros de estudio. Angustiada y, más que nada preocupada, decidió regresar a su apartamento. Cuando estaba en la estación del metro en Odeón esperando la llegada del vagón, sintió que la tocaban por la espalda. Se sorprendió; pero cuando volteó, se maravilló al ver que era su gran amigo Jacques.

—¿Para dónde vas? —dijo Eglée.

—Voy al L'Archestrate, sigo siendo el asistente del chef y continúo preparando la *nouvelle cuisine*; y tú ¿a dónde vas?

—Voy a mi apartamento, vengo de La Sorbona; estoy triste porque no sé cuándo será el día de la presentación de mi tesis de grado.

—Sería bueno que nos encontráramos en el restaurante y conversáramos sobre eso, no se te olvide que queda relativamente cerca de la Torre Eiffel. Así se despidieron.

Antes de llegar a su destino, ella se detuvo en el Cementerio de Montparnasse, como le gustaba hacerlo los jueves. Se sentó frente a la tumba de César Vallejo y recordó un verso de Quevedo:

"Retirado en la paz de estos desiertos,
con pocos, pero doctos, libros juntos,
vivo en conversación con los difuntos
y escucho con mis ojos a los muertos".

—Sabés, Vallejo, me gusta ir junto con Jacques al bar Rosebud, el que queda cerca de mi apartamento, y beber cualquier cosa. Claro, los días que no coinciden con mi turno de trabajo. Las conversaciones siempre comienzan con un estornudo, creo que se debe a algún ingrediente —no sé cuál— que les ponen a los platillos de entrada. Amigo, los que en Barcelona llaman tapas, bueno, en Buenos Aires también.

En el Rosebud

MayMai, con su grafía personal y siempre con su cabello suelto y sin peinar, era quien preparaba habitualmente los cócteles en el Rosebud. Mezclaba cantidad de sabores: vodka, fresa, brandy, berros y cualquier cosa que tuviera a mano, le agregaba una buena cantidad de hielo y azúcar, lo probaba… si le gustaba, se lo ofrecía a los clientes que le caían bien; de lo contrario, esperaba a alguien que estuviera ya bien bebido y se los servía. Como Eglée necesitaba trabajar para equilibrar sus gastos, aprendía a preparar las mezclas con ella, y así compartían buenos ratos. Disfrutaba de los generosos y, a la vez, estimulantes cócteles, cuando se sentaba en las sillas altas de la barra; por supuesto, cuando no estaba ganándose el sustento. Ella, sin ninguna razón, muy a menudo, tenía la mirada fija en la ventana del bar que cubierta con vidrio de color rosado oscuro evitaba que se viera la calle Delambre. Una noche muy luminosa, pudo divisar en esa calle a uno de sus compañeros de estudio caminando al lado de una linda chica que vestía una falda muy corta de color negro —muy a la moda— que mostraba sus rodillas y muslos. *¿Será el que está siendo supervisado por Jean Paul Sartre en su trabajo de tesis?*, se preguntó Eglée.

—MayMai: ¿Conocéis a todos los estudiantes que vienen por el Rosebud? —preguntó tratando de ocultar su acento original.

—Claro, tengo que saber quiénes son y cómo se comportan y, así, decidir si les ofrezco mi cóctel del día. Además, los llamo por su nombre y así recibo mejores propinas, incluso de los que estudian en La Sorbona.

—Bien, eso es sociología coctelera —puntualizó Eglée—. Sabés, no recuerdo el nombre del compañero que acaba de pasar por la calle. Lo averiguaré en mi próxima visita a La Sorbona y lo invitaré para que pruebe tus novedosos cócteles.

Eglée se quedó pensativa unos segundos e inesperadamente exclamó:

—Oye MayMai, y no sé por qué te digo esto, pero siempre que voy al Cementerio de Montparnasse pienso en una frase de Julio Cortázar que he leído en una de sus primeras novelas y que dice: *"Porque sin buscarte te ando encontrando por todos los lados, principalmente cuando cierro los ojos"*.

Unos días atrás, en una esquina del Rosebud, alrededor de una pequeña mesa redonda estaban reunidos varios estudiantes de La Sorbona que hablaban muy abiertamente sobre las acciones que tomarían la mañana del 3 de mayo. La mayoría estaba de acuerdo con el lema: «Prohibido prohibir» y, por supuesto, con que deberían manifestar abiertamente en la calle, sin temor a las posibles represalias de las autoridades universitarias y, quizás, de la policía. Sin embargo, uno solo de los reunidos alrededor de la mesa, Edgar, decía, muy convencido, como si fuera capaz de predecir el futuro:

—Esta rebelión no durará mucho y, además, pienso que las propuestas están equivocadas, pero no obstante estaré allí, en la plaza central de la universidad, como si fuera otro estudiante más, junto con todos ustedes.

Al terminar la reunión, él se alejó fumando hacia la calle Delambre, para coger el metro en la estación Vavin en la dirección del Porte de Clignancourt. Ya en el vagón, parado y, entre codazo y codazo, pensaba como un lector obsesionado —que sí lo era— en las formas, y dichos de la novela *Rayuela*. La había leído muchas veces, en todas las maneras posibles, siempre siguiendo una secuencia diferente. Él continuamente se preguntaba: *¿Cuál es el capítulo final de Rayuela? Será cuando Ovejero dice 'ahá' o cuando el narrador menciona las 'palanganas' de agua o cuando escribe: "Entornaba sus ojos verdes de una hermosura maligna".*

Caminando hacia su pequeño apartamento en la rue de Palestro, Edgar iba reviviendo su época en la Universidad de Columbia, en Nueva York, donde se graduó a principios de 1968. Aunque ya no era estudiante, rememoró que había participado, en abril de ese año, en las manifestaciones de protestas en Morningside Heights en solidaridad con sus compañeros.

Recordó que las actividades que estaban favoreciendo a las asociaciones encargadas de investigaciones para desarrollar nuevas armas para la guerra en Vietnam, y las que pretendían la construcción de un gimnasio en el parque Morningside Heights, fueron las que desencadenaron las protestas en contra de la administración y autoridades de la Universidad de Columbia. Particularmente, él se oponía porque las autoridades seguían considerando —el detalle atroz— de colocar en la parte posterior de esa edificación una puerta destinada para la entrada o salida de los habitantes de color de Harlem. «Esto es una especie de discriminación o segregación

contra las personas que viven en Harlem»,
recordaba Edgar que le dijo un amigo, cuando
caminaban juntos por el Central Park, varias
semanas antes.

Él había llegado a París recientemente, para
asistir a una reunión sobre el tema de Ciencias
Políticas en La Sorbona. Conocía bien los
acontecimientos ocurridos en la Universidad de
Columbia y era por esa experiencia que pensaba,
como lo expresó en el Rosebud, que los resultados
de los eventos que se preparaban podían tener
desenlaces diferentes a los deseados por los más
antiguos, aunque jóvenes, estudiantes de La
Sorbona. Él pensaba que algunos de ellos podían
tener contactos —en verdad lo suponía— con
agencias u organizaciones en los Estados Unidos
de América. Pero como solo tenía pocos días en
París, no lo tenía confirmado. Esa noche, llamó a

un conocido que estudiaba en la Universidad Nanterre. Su contacto era uno de los apodados *les enragés,* debido a sus posiciones políticas izquierdistas. Deseaba invitarlo a visitar a unas amigas que conoció poco tiempo atrás. Ellas tenían muchas conexiones con el Gobierno y quizás podían ayudarlo a confirmar sus sospechas; vivían bastante cerca de la Universidad de Nanterre, en el 11 de la calle Daniel Casanova en Rueil-Malmaison. Además, también aprovecharía para convidar a Celine, que recién llegaba de Inglaterra y a quien conoció poco tiempo antes en el aeropuerto de Londres. Así tendrían una buena fiesta parisina de bienvenida.

Ahora Edgar, con más de setenta años, se encontraba residenciado en la Isla Saint Louis, en la Quai d' Anjou, en un bello apartamento desde donde podía ver parte del río Sena. ¿Cómo cambió su vida en los últimos cincuenta años? Era un cuestionamiento que se hacía cada día al levantarse, aunque en realidad estaba contento de vivir en París. Esa ciudad donde, sin importar cuál es la estación, siempre se disfruta de lo artístico, de lo glamoroso y de lo romántico. Evocaba su época de estudiante en Columbia cuando pasaba mucho rato en la biblioteca de arte. Hoy en día, al frente de ese edificio hay una escultura, en la plaza, que parece un vehículo *escachapado* después de un accidente con el capó hacia arriba. Pensaba que: *Quizás la escultura es en conmemoración de los eventos del 68 o un recuerdo de los restos de los disturbios en ese año.*

Eglée no tenía idea de cuándo defendería su tesis, ya que La Sorbona estaba cerrada desde el 3 de mayo, luego de la intervención de la policía. Las batallas en el Barrio Latino, aun durante las noches, perturbaban cualquier actividad que unos días antes eran normales. Ese lunes le tocaba sustituir a MayMai en el Rosebud. Al llegar, se fue directamente a la barra a revisar los ingredientes y así adelantar la tarea de preparar las mezclas para los famosos cócteles. Desde allí, vio a Edgar bebiendo una buena copa de vino francés en la mesa del fondo. Recordaba haberlo oído conversar con MayMai días atrás. «¿A quién espera Edgar?», se susurró Eglée, al ver que alrededor de la mesa había tres sillas vacías.

Unos minutos después llegaron al Rosebud dos chicas con vestidos muy arriba de las rodillas, una de cabello negro y la otra de cabello rubio, junto con Daniel, un chico rubio con una cara muy agradable, un caminar imponente y una actitud rebelde; los tres se fueron directamente a saludar a Edgar. Después de ocupar las sillas alrededor de la mesa, con actitud almidonada, las chicas miraron hacia el bar y le indicaron a Eglée que se acercara. Ordenaron sus bebidas preferidas. Al mismo tiempo, le preguntaron:

—¿Quién tocará en vivo esta noche?

—La verdad es que no estoy segura —dijo Eglée—. Pero se rumorea que lo hará un conjunto que interpreta muy bien las canciones de protesta de Bob Dylan.

—Oye, ¿cómo es tu nombre, linda? Mira, ese tipo Dylan, no ha sacado ninguna canción nueva este año —dijo con rudeza la chica de cabello negro.

Casi al final de la noche, mientras limpiaba el bar, Eglée pensaba si el título de su tesis: «Escenarios y Proyecciones Sociológicas en el siglo XXI» era el más adecuado. Ella intentaba analizar las proyecciones y relaciones sociológicas futuras en Francia. Pero ahora, con las afirmaciones durante las protestas en París, donde se apoyaba a estudiantes extranjeros o franceses, pensaba que no ya no encontraba coincidencia con sus explicaciones referidas a la presencia de un nacionalismo creciente. Sus argumentos se veían limitados por los sucesos en los días pasados. *¿Pero será esto solo en el presente y no pasará así en el futuro?*, se cuestionaba a sí misma.

Estaba empezando el nuevo día y Eglée finalizaba su turno. Regresó muy cansada a su apartamento, pero con muchas ganas de comer algo casero y después dormir todo el día. Se preparó una sopa con la emperadora de los crustáceos, o sea de langosta, y unas papas fritas, comió apurada y se tumbó en la cama. Pensó por un segundo: *¿Cómo se llamará la chica de cabello* *negro?*, y luego se quedó dormida, sin darse cuenta.

Otro día en Rosebud: hablando y preparándose

Una noche más tarde llegaron juntos al Rosebud tres estudiantes y Daniel, quien comenzó a hablar sobre las protestas en la Universidad de Columbia. Decía que Edgar le mencionó que escuchó que un estudiante llamado Mark Rudd, supuestamente el máximo representante de la organización Students for a Democratic Society declaró a un reportero del New York Times: «Realmente yo nunca me he sentido atraído por los derechos civiles; existen muchas idealizaciones de los *negroes* y no han sido muy efectivas. Siempre, he percibido que hay una tremenda barrera, una especie de obstáculo, entre mi persona y los *negroes*».

A este comentario, uno de los estudiantes, Zuriñe, que vivía en la rue de Vaugirard, muy cerca del Lycée Saint Louis, le dijo a Daniel:

—Ese no es nuestro caso, no hay muchas personas de color en el Barrio Latino, y, mucho menos, que sean estudiantes de La Sorbona.

—Hay que encontrar un símbolo que se apodere de la imaginación de la gente, ¿no te parece Daniel? —propuso Zuriñe entusiasmada.

—Sí, y quizás pueda ser: «Con violencia contra la autoridad» —dijo Pierre.

Él tenía una forma de ser fuerte y muchas veces era difícil de comprender. Le gustaba brillar. Su hermano Didier, no dijo nada, lo que no era muy sorprendente ya que era reservado y un poco tímido. Los cuatro ya disfrutaban de los buenos cócteles preparado por MayMai. Daniel retomó la conversación y dijo en forma contundente:

—Necesitamos un compromiso de trabajo fuerte para ganar nuestra lucha y quizás ésta debe ser nuestra principal motivación.

—Quizás —dijo Zuriñe—. Algunas veces los espejismos y los sueños son más importantes que los símbolos.

—Hay que prepararse bien para «la Primavera del 68» —expresó de manera inesperada Didier—. Hemos comenzado un gran evento. Estaba inspirado a pesar de su timidez.

—Después de consolidar la toma de La Sorbona, continuaremos con asambleas abiertas la próxima semana, para que todos los estudiantes participen, y finalizaremos con la invasión de la oficina del rector —dijo categóricamente Daniel.

Los grupúsculos subversivos activaban sus movilizaciones. Unos se encargaban de motivar nuevos estudiantes para mantener ocupada La Sorbona y otros de impulsar las protestas en el Barrio Latino. Las conversaciones sobre el nivel de extremismo se escuchaban en cualquier café de París, tanto por los izquierdistas románticos como por los derechistas violentos. Sin embargo, una masa suficientemente grande de estudiantes permanecía al margen del problema, aunque ahora, al comienzo de «la Primavera del 68» en París, de pronto era más sensible a algunos nuevos planteamientos académicos, culturales y revolucionarios.

En la primera noche después de haber ocupado La Sorbona, se reunieron otra vez en el Rosebud las figuras más prominentes de la toma. MayMai esa noche tenía el turno en el bar y comenzaba a preparar los cócteles. Llevó los que pidieron los estudiantes y se atrevió a preguntarles:

—¿Cuánto creen ustedes que durará la toma de La Sorbona? —Y agregó traviesa—: Aquí están sus cócteles "revolucionarios".

Sábado 11 de mayo

Eglée descubrió que era Théo al que vio pasar unas cuantas noches antes por la calle Delambre, y, tal como se lo prometió a MayMai, lo invitó a tomar unas copas en el Rosebud. Quería conversar con él sobre las peripecias actuales en La Sorbona, que a ambos influían y aún más perturbaban, porque demoraban la presentación y defensa de sus tesis de grado. Pero la conversación se fue por otros caminos más mundanos y compartieron el rato bebiendo con exageración.

—Crees, Eglée, ¿qué hay falta de liberación sexual en Francia, como muchos estudiantes expresan en los pasquines que aparecen en las paredes de algunos edificios? Eso me parece contradictorio con las cosas que hemos vistos en estos últimos años. Fíjate en las minifaldas que usan las chicas, en las películas de Brigitte Bardot, incluso ella que ya tiene treinta y cuatro años… —y agregó—: ¿Por qué no vamos al cine a ver su película *Historias Extraordinarias* antes de que terminen de cerrar los cines?, tú sabes, debido a las diarias y fuertes protestas en París.

—Recuerdas que Simone de Beauvoir escribió un ensayo en 1959, que llamó *El Síndrome de Lolita*, diciendo que la Bardot era como una locomotora en la historia de la mujer —dijo Eglée e inmediatamente preguntó, sin darle tiempo a pensar—: ¿Entonces, vamos mañana domingo a ver qué es lo diferente de esta nueva película?

Soñar no cuesta nada

Dafnée, una chica muy emancipada y franca, hija del ministro de Cultura, telefoneó a Edgar en la madrugada del viernes 3 de mayo. Después de saludarlo cariñosamente, le dijo que estaba un poco preocupada por los acontecimientos que podrían pasar en La Sorbona. Sabía, por intermedio de un alto funcionario del ministerio del Interior que el rector estaba dudando si dar la orden para que la policía política entrara en la universidad con anticipación a la toma, o después de que ella sucediera.

—No repitas esa información —le pidió Edgar, aunque después de colgar, él mismo llamó inmediatamente a Daniel y le avisó.

Muy temprano, en la esquina de la rue de Vaugirard y la rue de Medicis estaba parado un joven francés que gritaba: «Hay que permanecer aquí hasta que se levante el sol». Poco a poco seguían llegando más estudiantes, quienes convinieron en juntarse con otros que venían caminando en ambas direcciones, norte y sur, por el boulevard Saint-Michel; la mayoría de ellos llevaban a la espalda bolsas llenas de libros. Entretanto, los habitantes de la rue de Vaugirard dormían tranquilos y otros se preparaban para ir a sus trabajos.

En el 49 de la rue de Écoles, donde se encuentra la Brasserie Balzar, ya había profesores de La Sorbona desayunando en la terraza de la calle y saboreando un buen café con leche que ayudaba a despertarles a la vida. Uno de ellos dijo: «Sé que la policía ha recibido información sobre protestas estudiantiles, las cuales aún no están cerca de La Sorbona».

Una hora más tarde, los estudiantes que esperaban que levantara el sol comenzaron a avanzar hacia la universidad y se juntaron enfrente del liceo Saint-Louis con los que venían caminando por el boulevard Saint-Michel. Tenían órdenes de caminar, todos, desde allí hacia La Sorbona y gritar fuerte: «*Sois jeune et tais toi*». Un estudiante delgado y alto, que vestía una camiseta con un impreso del rostro del Che —esa donde una ráfaga de viento agita la cabellera de Guevara— estaba parado enfrente de la Brasserie Balzar y, desde allí, vigilaba si venían a cerrar la rue Saint-Jacques con un piquete de policías.

En el número 15, en una esquina de la rue Royer-Collard, en el sexto y último piso de un viejo edificio, una periodista llamada Amy Smith, se acercó a su escritorio para preparar un mensaje que enviaría a su periódico en Norteamérica. Escribiría un despacho acerca de los rumores de una toma de La Sorbona y las numerosas consignas coreadas por los estudiantes que ha escuchado desde muy temprano en la mañana, en especial una nueva: *«Nous sommes pas fatigué»*. Unas horas más tarde, agregó a su escrito que una extensa masa estudiantil tomó La Sorbona y que comenzaba una asamblea estudiantil en su plaza central. El rector, en su oficina, estaba un poco alterado. Intentaba, por vía telefónica, comunicarse con los profesores de las diferentes facultades y con algunos periodistas.

Un tipo muy joven con cabello rubio gritó: «Soñar no cuesta nada». Ese era el encabezado de la noticia enviada por Amy a través del telefax que de manera conveniente tenía instalado en su apartamento.

No parecen manifestaciones, parecen protestas

Un poco antes del atardecer del día 8, Amy se fue al Rosebud para saborear los cócteles que hicieron famosa en el bar a MayMai, quien le ofreció un cóctel bastante cargado de absinthe. Comenzaron a hablar sobre las manifestaciones estudiantiles y, en especial, sobre las consignas y los lemas que vieron en los edificios.

—Me ha gustado mucho una que relata una especie de coyuntura: *«Sous les pavés, la plage»* —dijo impresionada Amy—. Por cierto, MayMai, ¿te has fijado en la copia de un cuadro de Degas que pintó en 1876 y que está al fondo de esta sala?

—La chica parece estar bebiéndose un poderoso cóctel con absinthe —exclamó divertida MayMai—. Tal como tú lo estás haciendo esta noche. ¡Claro! es la bebida favorita de los periodistas y bohemios. No sé por qué les gusta tanto su color verde acuoso y el sabor a anisette.

—Cambiando el tema, mañana temprano iré al Cementerio de Montparnasse a escuchar con mis ojos a los muertos y así saber qué opinan de las manifestaciones de los estudiantes que por el momento son un poco agresivas —puntualizó avivada Amy.

Minutos más tarde llegó Eglée al bar, pidió una copa de vino blanco, y se unió a la conversa que tenían MayMai y Amy. Les dijo:

—Ya no parecen manifestaciones tranquilas, parecen más bien protestas fuertes —y al final agregó antes de despedirse—: El próximo jueves iré al Cementerio de Montparnasse a visitar a Vallejo.

Se aceleran las protestas

Eglée comenzó el 6 de mayo revisando su agenda para el resto del mes. Su principal interés era defender su tesis, pero en vista de lo sucedido en La Soborna, la incertidumbre era muy alta y se preguntaba si los estudiantes continuarían presionando para revisar el autoritarismo académico y si seguirían pidiendo la eliminación de los exámenes finales. Se alarmaba al leer en *Le Monde* que algunos profesores apoyaban una revisión de los planes de estudios, la existencia de clases magistrales y la eliminación de las tesis de grado. Se preguntaba: *¿Qué tan larga será la* *paralización de La Sorbona?* Nada era seguro en ese momento.

Las manifestaciones se transformaron en protestas y se atornillaron en La Sorbona; las primeras se iniciaron a finales de abril en la Universidad de Nanterre. Sus estudiantes de Sociología se incorporaron a la lucha, en vista del cierre de esa universidad.

En la plaza central de La Sorbona comenzó la primera asamblea abierta, y quien quería podía participar. Diferentes estudiantes tomaron la palabra y con simples y directas consignas presentaron sus inquietudes. Algunos expusieron y criticaron problemas típicos de la universidad, como la incapacidad evidente de comunicación de algunos profesores, lo anticuado del sistema universitario y lo complicado que les era obtener una licenciatura. Otros hablaron de posiciones más políticas, diciendo que ellos eran algunas veces llamados grupúsculos, en forma peyorativa, simplemente porque están inspirados por ideologías como la trotskista, la marxista o la maoísta; cuando solo quieren manifestar una oposición total a la sociedad capitalista y al consumismo.

Daniel tomó la palabra al final de la asamblea y comenzó diciendo: «Prohibido prohibir y la libertad comienza por no aceptar prohibiciones». Les pidió a los estudiantes permanecer dentro de La Sorbona y que estuvieran pendientes de cualquier avance de la policía dentro del recinto universitario. Concluyó intentando fijar una bandera de lucha con un mensaje final: «Tenemos que defender una nueva filosofía de vida y exigir una transformación social».

En el mismo lado de la ciudad, los últimos habitantes del Barrio Latino: las solteronas, los hombres y mujeres mayores de setenta años, los colaboracionistas, las artistas, los pobres y todos los que dejaron las cosas para última hora y, que no evacuaron temprano, por fin se despertaron, sollozaron, suspiraron, gimieron y saltaron de sus camas. Se apresuraron hacia las pocas calles que no fueron bloqueadas por la lucha entre los estudiantes y la policía. Encontraron casi todas las calles llenas de barricadas. La policía arremetió con bombas lacrimógenas y los estudiantes respondieron, sin miedo, con adoquines.

A temprana hora de la mañana, todavía se escuchaba gritar, como antes lo hicieron en Nanterre: «Todo poder abusa: el poder absoluto abusa absolutamente».

Deberíamos practicar algunas escenas de la película de la Bardot

Después de ver la película, Eglée regresó a su apartamento acompañada por Théo; lo invitó a subir y él aceptó muy a gusto. El apartamento, tan pequeño como casi todos en París, tenía una ventana que permitía una vista del edificio de enfrente. En el bajo había una tienda donde la semana anterior Eglée compró una botella de un muy buen vino tinto de Burdeos. Se sentaron en un pequeño sofá de un color muy pálido y comenzaron a beber el Saint Emilion. Eglée miraba muy fijamente a Théo, sentía cierta atracción por él, pero no quería lucir muy descarada. Esa noche llevaba una falda negra muy corta y mostraba la medida justa de sus tersas piernas. También su blusa estaba un poco abierta y enseñaba algo de sus senos. Théo le preguntó:

—¿Cuánto tiempo has estado viviendo en París?

La noche siguió tranquila y alegre, con una conversación fácil animada por el vino.

—Pensando en la película que hemos visto, quizás deberíamos practicar algunas de las escenas del celuloide de Bardot —dijo Eglée con osadía. Lo acarició bajando sus manos lentamente a lo largo de su espalda, se recostó en él y, al mismo tiempo, le pidió que la besara intensamente. Cuando cerró los ojos, sin saber por qué, le pidió que se alejara de ella y le dijo—: Mejor nos vemos, otro día.

De las paredes a las redes

Aunque Eglée se preparaba para dormir, no lograba conciliar el sueño; sus pensamientos revoloteaban entre los temas de su tesis y sus actividades en el Rosebud. Se desesperaba al ver que las protestas parecían subir de tono al paso de los días. Tenía ahora menos dudas sobre los escenarios especificados en su tesis para proyectar el futuro en aproximadamente cincuenta años. Uno de ellos consideraba que las consignas no iban a aparecer en las paredes de muros y edificios, sino en redes sociales tecnológicamente avanzadas. *Sin embargo, siempre existirían protestas en las calles, las cuales serían convocadas más rápido y fácilmente que como lo hacen ahora los estudiantes desde las asambleas*, caviló. Luego de una hora, se durmió.

Cuando despertó, luego de haber dormido un largo rato con placidez, se acordó que soñó que hablaba con César Vallejo, justo enfrente de su tumba y él le recordaba dos estrofas de Borges:

"Prolonga este vano mundo incierto
en su vertiginosa telaraña;
a veces en la tarde los empaña
el hálito de un hombre que no ha muerto.

Sé que entre todas las palabras, una
hay que recordarla o figurarla.
El secreto, a mi ver, está en usarla
con humildad. Es la palabra luna".

Se dijo: *Qué fabuloso sería si los procesos sociales fueran como los que rigen las apariciones de lunas brillantes y muy grandes.* Sabía que el último de aquellos sucesos lunares se presentó en 1948, cuando ella apenas tenía tres años; y que la próxima sería en el siglo XXI, al parecer en octubre del 2016. *Eso es predecible*, continuó hilando ideas Eglée. *Pero ¿qué pasará con la humanidad, exactamente en París o en el mundo, para esa misma época?* Y reafirmándose se respondió: *Es imposible de predecir, por eso es que he planteado varios escenarios o proyecciones en mi tesis de grado.*

Un pensamiento sobresaltó a Eglée, *Será posible que alguien en el futuro, en cincuenta años diga que: «Hoy en día 1968 se acabó, olvidadlo».* Para ella no era simplemente un sueño fantástico, por el contrario, era un evento influyente que la motivó a reconocer que tenía aspiraciones y esperanza. Había sentido el júbilo de vivir, a pesar de los ruidos que muy a lo lejos, en la calle, durante muchas noches, escuchó entre los edredones cuando los estudiantes y algunos obreros fabricaban barricadas y cortaban árboles en casi todas las callejuelas del Barrio Latino.

El poder de lo simbólico

Daniel, que disfrutaba de la retórica y por eso se convirtió en casi el máximo líder en las asambleas, decía que existía una *kakistocracia* en Francia, que debían remplazarla por una vía de Gobierno que aceptara y se moviera hacia una libertad política y social. La idea era llamarla *isocracia* —por lo de igualdad en el poder— y eso sería la felicidad para los jóvenes estudiantes en París. Una de las consignas que aparecía más en las paredes era «Sean realistas: pidan lo imposible». Y en las asambleas: «Tomemos en serio la revolución, pero no nos tomemos en serio a nosotros mismos».

—¿De qué revolución hablas, Daniel? —gritó un estudiante desconocido en el Rosebud.

Casi le contesta, pero en ese momento, Celine, una amiga moderna que se encontraba con él, junto con otros estudiantes, repasando las actividades para el próximo día, se acercó hasta estar a poca distancia y le dijo en voz muy baja: «¿Por qué no vamos a mi apartamento cuando terminemos con la reunión?». Él se sorprendió, pero no dudo en decirle, sin que lo oyeran los otros: «¡Claro que sí, Celine!».

Así lo hicieron. Al entrar al apartamento, Celine, moviendo coquetamente su hermosa cabellera negra le dijo que se sentara en una cómoda butaca que tenía en la sala, mientras ella iba a la habitación a remplazar la ropa que llevó encima durante todo el día. Dejó la puerta entreabierta y empezó a ponerse una blusa negra escotada y unos pantalones muy ajustados.

Daniel lo vio todo a través de la rendija de la puerta y alcanzó a disfrutar desde lejos el bello cuerpo de Celine. Ella salió y le preguntó: «¿Crees que puedo ir mañana a la manifestación con esta ropa y montarme sobre tus hombros cuando estemos caminando por la calle?». Él no respondió inmediatamente, pero sí le preguntó: «¿Por qué el color negro de tu blusa?».

La resonancia del porvenir

Un día viernes del 2010, en una de las muchas escalinatas de París, muy lejos del Barrio Latino, estaba sentada una bella chica con un aire muy moderno. Ella quería ser modelo de pasarelas. Esperaba a alguien que venía a recogerla para llevarla a cenar al L'Asperge en la rue de Varenne.

—Interesante este restaurante, que tiene ahora veinticuatro años de abierto. Es increíble porque la comida es extremadamente sana, quizás tan buena como la de la *novelle cuisine* que comía con Amy —tu abuela— en 1968 en el L'Archestrate —dijo Edgar—. Pero no es tan saludable como el *saumon aux poireaux* que preparaba el chef Alain Senderens. Siempre me he preguntado por qué cortaba los puerros en forma de julianas y no en rodajas ¿Quién sabe? Yo comeré esta noche algo con remolacha, que dicen que las traen de sus huertos, los dueños del L'Asperge. Ellos aseguran que es formidable para los de mi edad. En mi casa, las como hervidas con un toque de jugo de naranja. Me encanta saborear: el *beetroot cooked in a grey salt crust y creamy radishotto with parmiggiano regiano*, disculpa que combine el inglés y el italiano, ahora es así como lo ponen en el menú —le dijo Edgar a su nieta.

Los muertos no hablan, aunque los míos sí

Amy vivió hasta sus tres años de edad en Loveland, un pequeño pueblo del estado de Colorado en los Estados Unidos. De allí viajó a Manhattan, donde concluyó sus estudios secundarios; la razón para ello fue que su padre consiguió un trabajo en unos de los bancos más grandes del país en esa parte de Nueva York. Posteriormente, viajó a París para ingresar en La Sorbona, donde realizó sus estudios de historia y, al final, se convirtió en periodista. Un tiempo más tarde, como quería quedarse en París, aplicó para un cargo de corresponsal en la capital francesa, en una agencia periodística importante de Nueva York. Cuando lo obtuvo, ella estaba segura de que fue debido a sus calificaciones, pero le gustaba pensar que era porque era norteamericana e inteligente.

Siempre estuvo muy atraída en conocer a profundidad la historia de México y los hechos que estaban relacionados con Francia. Por eso, constantemente buscaba información sobre Porfirio Díaz, quien fue presidente de México por un largo tiempo. Conoció que él estaba enterrado en el Cementerio de Montparnasse y, entonces, comenzó a visitar su tumba y aprovechaba para hacerle multitud de preguntas filosóficas.

—¿Qué tal Amy? ¿Cómo te sientes hoy, después de unas cuantas noches oyendo disparos, el explotar de bombas lacrimógenas y la construcción de barricadas? ¿Quieres una buena dosis de cócteles piadosos esta noche? —le preguntó MayMai al verla llegar al Rosebud.

—No estoy muy segura de que quiera beber mucho, porque he notado que percibo una alucinación muy fuerte cuando me das el trago con absinthe. Además, me aumenta el deseo de ir a "escuchar" a Porfirio Díaz —dijo Amy sin ningún apuro.

—Bueno, aquí tienes otro cóctel, más suave, como para ti. Oye, me preocupa que digas: «A escuchar a Porfirio Díaz», los muertos no hablan —dijo MayMai categóricamente.

—Pero los míos sí —respondió Amy sonriendo—. No hay nada de desazones, es solo prestar oído al difunto.

Cuando se acercaba la barra a pedirle un cóctel a MayMai, Edgar escuchó la conversación y aprovecho para saludar a Amy con amabilidad. A pesar de las malas noches, Amy, religiosamente, enviaba sus noticias sobre los últimos sucesos en La Sorbona y en el Barrio Latino; sitios donde las protestas seguían siendo muy fuertes. Le llamaba mucho la atención el hecho de que en las asambleas muchos participantes se manifestaran en contra de la amenaza del Gobierno de expulsar del país a estudiantes que no fueran totalmente franceses, como era el caso de Daniel, que era además alemán y conservaba su doble nacionalidad. Y algo más sorprendente, la aparente unión entre los miembros del grupo de Occidente, que eran violentos y de extrema derecha, con los estudiantes conservadores de la facultad de Derecho de La Sorbona. Todos ellos, en la calle D'Assas, muy cerca de la rue de Vaugirard, defendieron con una lucha frontal a los estudiantes de la Universidad de Nanterre, cuando la aguerrida policía intentaba detenerlos. El titular de su noticia —la de Amy— decía: «Aumenta la protesta y todos los estudiantes se unen para ir en contra de la policía de De Gaulle» y, especificaba que el rector pidió continuar sin los trámites formales: «Que la fuerza de orden público entrara a La Sorbona».

En una playa del Mediterráneo

Dafnée y sus dos amigas: las chicas de cabellos rubio y negro —las conocidas de Daniel y Edgar— decidieron irse al Mediterráneo para olvidarse de las protestas estudiantiles y, ahora también, de los obreros de Francia. Por supuesto, querían dorarse al sol.

Al llegar a la playa se lanzaron al agua y nadaron hasta una roca alta, donde se sentaron a tomar el sol caliente de ese día. Conversaron un poco de todo, menos de lo sucesos recientes en París. Luego de un par de horas, la chica de cabello negro se quitó la ropa y se lanzó al agua. Al rato nadó de regreso a la playa, desde la orilla pudo observar que a lo lejos trabajaba un joven corpulento. Mientras caminaba sobre la arena blanca, luciendo y balanceando su esplendoroso cuerpo desnudo, se fue acercando al pescador fornido que estaba arreglando su bote y al llegar, le preguntó:

—¿Dónde podemos pescar algo? ¡Quisiera comerme un pez espada…!

Dafnée y su amiga de cabello rubio se entretenían tocándose sexualmente, mientras continuaban sentadas en la roca; y, cuando hacían pausa, conversaban sobre cómo podrían conseguir más información sobre los planes y reuniones de Charles de Gaulle con los militares.

—¿Qué estará haciendo Celine en París? — preguntó la del cabello rubio—. Seguro que algo emocionante.

—Hoy en la mañana durmiendo; y en la noche, muy probable, bailando en un sitio elegante con algún nuevo amigo poderoso —dijo con entusiasmo Dafnée—. ¡Ya lo sabremos el lunes!

Eglée preparándose para defender su tesis de grado o para disfrutar de la vida

Habría que preguntarse si Eglée intentaría defender su tesis a toda costa o se dispondría a relajarse un poco y dedicarse al nuevo existencialismo francés. Debido a sus acciones parecería que se tomaría la vida con calma. Llamó al L'Archestrate y le dijo a su amigo preferido, Jacques:

—¿Por qué no me invitas a disfrutar uno de esos platos divinos que recientemente has comenzado a preparar? —y agregó—: Vos sabés, como el que me mencionaste el otro día: el *loup de mer avec des courgettes.* ¡Claro!, no tengo dinero para pagar, pero los tuyos son gratis, ¿cierto? —preguntó con picardía Eglée.

Él se emocionó como pájaro amarrado levantando vuelo y contestó ilusionado:

—¡Si, claro!, ven esta noche después de las diez.

Eglée se vistió muy erótica: una falda muy corta, una blusa que mostraba muy bien sus senos y nada, absolutamente nada más… excepto unas sandalias que mostraban sus hermosos pies. Claro que no faltó un toque de un delicado perfume. Decidió tomar un taxi, así solo serían unos doce minutos hasta el restaurante, en vista del poco tráfico a esa hora de la noche. Caminando rápido hubiesen sido unos cuarenta minutos, cosa que Eglée no hubiera podido soportar con el tipo de zapato que estaba usando.

Llegó y preguntó por su amigo. La llevaron a una mesa para dos, en el mejor sitio del local que Jacques logró reservar.

—Aquí estarán muy bien, solo espere un segundo —le aseguró el *maitre*—. Y su amigo se le unirá.

Pero al rato volvió y le dijo a Eglée:

—Algo raro debe haber ocurrido, porque su amigo no ha regresado hoy al restaurante; algo sorprendente, porque él es muy cumplido.

Eglée se levantó de la silla, dejó el recinto algo consternada y regresó directamente a su apartamento. Se quitó la ropa y con mucha dificultad se durmió, justo cuando pensaba: *Mañana temprano llamare al L'Archestrate para saber qué pasó con Jacques.*

Pero cuando despertó, lo primero que hizo fue pensar en lo que tenía que hacer para la defensa de su tesis de grado y poco después le apeteció idear cómo olvidarse de Jacques, que a lo mejor le gustaba estar solo y tranquilo; y por eso, no había ido a la cita. Y se dijo: *El siempre parece estar atraído, más bien, por ser el mejor chef de París.*

La culture est l'inversion de la vie

«La cultura es la inversión de la vida», es una de las frases más impactantes colocadas en las paredes de París en 1968. Cada vez que dos estudiantes se reúnen hablan sobre el tema por largo rato, aunque no sea primavera. Para algunos, muchos años después, les hace decir: «Creo que es hora de enfrentarme a la realidad y quitarme ese peso que llevo encima desde hace mucho tiempo». Otros dicen que la frase debería ser: «La cultura es el trastorno de la vida», eso le comentaba Celine a Eglée, una noche en el Rosebud, muchos años después del 68.

—A mí me gusta mucho el *pop art* de Andy Warhol y recuerdo una de sus frases famosas: «Tan pronto como dejes de querer algo lo consigues» — expresó Celine muy entusiasmada.

—¡Sí!, pero también dijo: «La idea no es vivir para siempre, es crear algo que lo hará». Por eso es que a mí también me gusta su *pop art* — concluyó Eglée.

Esa noche de verano, recordaron que alguien —y no atinaban a rememorar quién— había dicho que algunos personajes importantes del Gobierno de De Gaulle opinaban que los acontecimientos del 68, en París, eran: «Una especie de crisis de la civilización». Y otros pensaban que: «Era simplemente una fantasía magnífica —un sueño universal— que hacía que toda la ciudad quisiera participar».

—Muchos hablaban de las palabras de Daniel, en la entrevista con Jean Paul, que creo que fue el día 20 de mayo, cuando Daniel decía, entre otras muchas cosas: «La mejor oportunidad de nuestro movimiento es el barullo que genera, permite a la gente hablar libremente y eso puede dar lugar a alguna forma de autoorganización» —seguía evocando Eglée—. Igualmente, él insistía diciendo que: «Los estudiantes pronto abandonaron el gran espectáculo para hacer más reuniones sustanciales y formar grupos de trabajo y acción».

Eglée hizo una pausa mientras Celine escuchaba atenta, bebió un trago de su cóctel, luego concluyó:

—Daniel quería evitar que los opuestos al movimiento siguieran diciendo que los que coordinaban las manifestaciones, protestas y

barricadas eran la flor y nata de la clase burguesa y
mimada de París.

¿Es solo por destacarse en el mundo que los estudiantes hacen las protestas en París?

En realidad, Celine no estaba realmente interesada por las cosas que sucedían en París en lo concerniente a la política; solo lo aparentaba para conseguir buenas relaciones. Participaba en las protestas por interés propio. Ella era inglesa y quería involucrarse en la sociedad francesa, pero se le hacía muy difícil por ser extranjera, a menos que conociera a la persona adecuada. Por eso fue que se acercó a Dafnée, quien era transparente con sus andares y sus ideas, sexualmente abierta y muy bien conectada con el Gobierno y la alta sociedad de París.

El día lunes 13, después de haber charlado con sus amigas que venían de regreso del Mediterráneo, se fue a la plaza Denfer-Rochereau para participar en una gran caminata que al final debería llegar a la plaza de La Sorbona, donde se realizaría una magna asamblea. Ella vestía su blusa negra y caminaba al lado de Eglée y Théo, quienes no faltaban a ningún evento para protestar.

—¿No has visto a Daniel, hoy? —le preguntó Celine a Théo, y sin esperar respuesta agregó—: Habíamos quedado en encontrarnos en esta esquina, cerca de la entrada al metro. Saben, me encanta Daniel porque a pesar de ser sectario, le gusta, o al menos acepta, dialogar.

El domingo, los estudiantes descansaron un poco, pero igual realizaron una asamblea para ver cómo podían continuar las protestas que al comienzo fueron espontáneas. Las noches del viernes y el sábado se encontraron al borde de la locura. Policías y estudiantes se enfrentaron, la primera había cargado con una fuerza más allá de lo que cualquiera esperaría que fuese necesario. A pesar de un aumento en el número de barricadas hechas con madera o cualquier cosa que encontraron los estudiantes, incluyendo carros volteados con las ruedas mirando al cielo y con adoquines levantados masivamente de las aceras, hasta ese momento no se sabía si hubieron muertos.

Los habitantes de las calles donde la lucha fue más violenta protegieron con gran valentía a los estudiantes, sin perturbarse en absoluto por posibles futuras represalias del Gobierno. Muchos de ellos perdieron sus automóviles cuando fueron quemados durante las revueltas. Algunos de los residentes pensaban que eso era debido a las bombas lacrimógenas lanzadas por la policía antidisturbios contra cualquier cosa que vieran en las calles.

Celine se enteró de estos fuertes sucesos cuando llegó a la plaza Denfer-Rochereau, y se dijo en muy baja voz: «Que bueno sería si en lugar de estar caminando por estas calles estuviera en alguna playa del Mediterráneo; pero hoy, sin duda, lo haré desde aquí hasta el Barrio Latino».

Cuando llegaron al comienzo del boulevard Saint-Michel, las chicas estaban sumamente cansadas, en especial Celine, a quien le dolían mucho los pies. Entonces le dijo a Théo: «¿Podría montarme en tus hombros?». Sin esperar respuesta, como era su costumbre, se acomodó inmediatamente sobre él. Se sentía bien porque todos los presentes la miraban, en especial cuando levantó su brazo portando una bandera rojinegra. Visiblemente exaltada se pegó más al cuello de Théo. Eglée se sorprendió y no le gustó mucho la acción de Celine, pero permaneció callada.

Por las calles de París ya caminaban, además de los estudiantes de La Sorbona y de Nanterre, obreros, vendedores de kioskos, enfermeras, médicos, magos, artistas y hasta un amigo de «Maga» —de la novela Rayuela— y un monje que había sobrevivido a la Segunda Guerra Mundial. Todos, alegres y entusiasmados, buscaban por algún sitio a alguien que vendiera o tuviera cigarrillos y algún periódico con noticias sobre lo que pensaba De Gaulle —que parecía estar desaparecido—. Pero al rato, se asombraron porque comenzaron a ver heridos que eran transportados al hospital más cercano.

Apareció la primera víctima, la encontraron en la rue de la Gaite, muy cerca de un restaurante de comida de la India. Una bomba lacrimógena le pegó en la cabeza y lo mató instantáneamente. Así se lo contó uno de los vecinos de esa calle a Amy, quien se acercó a averiguar sobre ese acontecimiento. Un estudiante desconocido le dijo: «El pobre Jacques, que no es parte ni participa en las protestas, fue el primer muerto de esta supuesta revolución».

Algunos decían que un millón de personas caminaron ese día por todas las calles de París, con destino a La Sorbona y el Barrio Latino. Venían de La Bastilla, de la Torre Eiffel, del lado derecho e izquierdo del Sena, de cualquier dirección; ya no eran solo estudiantes, eran prácticamente todos los habitantes de París.

Los estudiantes dejaron de ser cobardes en cuanto a la lucha física; y con sus dichos irreverentes y con su efervescencia incontrolable lograron motivar a casi todo el pueblo francés. Tanta gente salió a las calles, que la cola de la manifestación, al momento en que llegaron las amigas, no lograba moverse de la Place de la République.

Florecimiento de los cambios imposibles

Edgar estuvo hablando con Eglée en referencia a lo que ella narraba en su tesis con relación a los problemas en la universidad y sobre la opinión de intelectuales y profesores. Muchas de sus entrevistas las realizó ella unos meses antes de comenzar las protestas, en la concurrida Brasserie Balzar. Siempre muy por la mañana, para aprovechar de escuchar, también, a los profesores de La Sorbona que venían para desayunar. Casi todos le sugirieron que un capítulo lo titulara: «La posible crisis de la escuela»; y así lo hizo ella.

Eglée destacó que los estudiantes no comprendían una universidad patética y sin sentido, que transmitía aburrimiento y pasividad, ya que ellos sufrían la angustia de vivir en un mundo que lucía alienado. Que su conclusión era que debían dejar de apoyar una idea de universidad que permanecía estancada, que hacía siempre lo mismo; y que, por lo tanto, era la hora del cambio.

Algunos profesores, que se sentían de avanzada, opinaban que, al igual que la sexualidad y el lenguaje, la enseñanza fue siempre una especie de organización de poder, edificada para atenazar y amansar el terreno social. Otros sugerían que ya no se sentían apegados a nada, que no se satisfacían únicamente con dar opiniones suaves, que lo que querían era plantear evidencias persuasivas. Otros soñaban con un sistema que les proporcionara una complacencia absoluta.

Edgar estaba fascinado con esas muy variadas opiniones y así se lo hizo saber a Amy unos días más tarde, antes de partir hacia Canadá, y aprovechó para preguntarle:

—¿Qué te parece si nos vemos allá en dos o tres semanas?

—¿En qué lugar? —contesto ella.

—En el restaurante que prefieras. Escoge el que quieras y me avisas.

Eglée, Amy y MayMai en el Rosebud

Ese lunes, Eglée se fue al bar, se sentó como le gustaba, en una de las sillas altas y le pidió a MayMai un cóctel revolucionario con un toque de burguesía. Ellas lo llamaban el *reburgüe*, y llevaba güisqui con coca-cola y jugo de limón. Amy se les unió a la conversa y a disfrutar también de un buen trago de *reburgüe*.

—Quería contarles que fui a reunirme el viernes con Jacques para cenar y no apareció. Me pregunto ¿dónde estará o qué le pasaría?, saben que él siempre es cumplidor —les dijo Eglée.

—Pienso que nada, de lo contrario ya lo sabríamos. Pero justo el sábado por la mañana me dijo un vecino de la rue de Gaite que apareció el primer muerto de estas protestas, lo encontraron en esa calle —Amy se quedó callada unos segundos y enseguida agregó—: Perdona… mencionó que se llamaba Jacques, bueno, no tiene que ser tu gran amigo —dijo con discreción.

Eglée se estremeció, estaba muy dolida pero confusa. Sentía su cuerpo como hilo en un ovillo desbaratándose. No supo cómo reaccionar. Por extraño que parezca empezó a pensar, en una forma sorprendente, que cuando ella recién nació acababa de finalizar la Segunda Guerra Mundial y que en ese mismo año, Jean Paul Sartre expuso su genial conferencia sobre el existencialismo.

—Me siento terrible —balbuceó Eglée—. ¡Quiero irme a mi apartamento!

El comienzo de las conjugaciones incompletas y conflictivas

Reunidos otra vez en el Rosebud, los principales estudiantes y todos los líderes del movimiento encabezado por Daniel, discutían sobre la crisis social y universitaria. Pierre especulaba sobre un comienzo potencial de unión entre estudiantes y obreros, decía que deberían asociarse y coincidir en los puntos más importantes. Mencionaba que, si eso se daba, constituiría un verdadero huracán. Sin embargo, Daniel no estaba ni siquiera convencido, seguía pensando que todo había empezado como un movimiento estudiantil para hacer una reforma democrática de la educación que vinculara la enseñanza con la vida. No estaba seguro de la necesidad de ampliar el tema. A Didier, a pesar de su carácter tímido, le gustaba platicar sobre la importancia de contar con la participación de los partidos políticos y de inmediato dijo:

—Parece ser que el partido comunista no se ha asociado a las caminatas y por lo visto está separado de la masa estudiantil; sin embargo, el efecto de la noche de las barricadas parece comenzar a motivar a sus correligionarios.

Pierre dijo que escuchó a algunos estudiantes conversar sobre las posiciones políticas de líderes tradicionales o revolucionarios como Trotsky y Ernesto Guevara.

—Que increíble —dijo Daniel—, que habiendo nacido el Che en Argentina y León en

Ucrania haya una especie de trotskismo en el pensamiento de Guevara, porque continuamente habla del "socialismo avanzado", del "verdadero socialismo".

—Por cierto, él parece ser básicamente un guerrillero homérico o intrépido. Fíjense, en estos días está organizando guerrillas en algún país de Sudamérica —dijo Pierre con su actitud siempre arrogante.

Algunos estudiantes manifestaron durante una de las últimas asambleas en La Sorbona la idea de acercarse a las más importantes fábricas francesas y comenzar a preparar acciones en todo el país. Una huelga nacional sería una medida impactante, lo cual no era fácil de realizar debido a la falta de apoyo del partido comunista al ya arrancado movimiento estudiantil. Pero los lemas: «La acción no debe ser una reacción sino una creación» y «Es necesario explorar sistemáticamente el azar», colocados en las paredes de la estación de metro Censier, cerca de la Escuela de Bellas Artes, eran buenos detonantes para el movimiento.

Un mundo donde la magia puede suceder

Eglée recordaba que un día lunes de octubre en 1945, un anuncio avisaba sobre una conferencia de Sartre, a las ocho y media de la noche en la Salle des Centraux en la 8 Rue Jean Goujon, muy cerca de la estación de metro Marbeuf. El filósofo y novelista francés inició su análisis diciendo: «En el momento que dejas de pensar en lo que puede pasar, empiezas a saborear lo que está pasando». El tema de la conferencia de Sartre era «El existencialismo es un humanismo». Este título, sugerido por los organizadores del evento, era muy provocativo para los que ya habían leído su novela de 1936, *La Náusea.*

Eglée leyó con mucha dedicación y profundidad lo que dijo Sartre y lo recogió en un capítulo de su tesis de grado con la idea de producir algunas preguntas que ayudaran a entender cómo se veía, veinte y tres años después de la conferencia, el llamado existencialismo. Ahora, al haber aparecido mágicamente los eventos de la primavera del 68 en París, el análisis parecía más oportuno y relevante.

Sartre había puntualizado sobre el individualismo, la responsabilidad, la soledad y en especial, sobre la angustia y el desamparo. Estas, aunque quizás provenían de estados de desesperación, aislamiento, desatención o, posiblemente, de rechazo, repudio o abandono, podían tener matices positivos y negativos. Eglée, no muy segura de lo planteado por el filósofo, se preguntaba, entre otras cosas: *¿Cómo puede la mala fe generar un juicio moral?*

Él mismo comprometió sus explicaciones para intentar llegar a todos los que fueron a la conferencia. De hecho, lo reconoció públicamente, diciendo que la forma como expresó los argumentos, no lo hacía sentir muy satisfecho, porque en cierta manera deformaba la teoría real que él presentaba en sus libros. Eglée explicó esos razonamientos en su trabajo.

Ella disfrutaba planteando este tipo de conversación en cualquier lugar, sobre todo cuando se deleitaba con los cócteles revolucionarios. Una noche hizo énfasis en la idea de que el existencialismo define al hombre por sus acciones y que la esperanza está respaldada por ellas. Eglée mencionó que Sartre, durante la conferencia, proclamó en tono jocoso: «Si te sientes solo cuando estás solo, entonces estás en mala compañía».

—Dime, Daniel: ¿es posible que los estudiantes hayan generado un espacio donde la magia puede aparecer? —fue algo que se le ocurrió decir a Eglée, al final de otra jornada de discusión con un grupo de asambleístas que pasaban la noche en el Rosebud.

—Quizás, sea así —aceptó Daniel—. Percibo que el movimiento ha generado angustia y desamparo, quizás originando magia o, tal vez, un espectáculo impresionante, en especial para aquellos que protestan por las calles.

—¿Por qué no nos encontramos, el lunes, en mi apartamento? y entonces seguimos discutiendo sobre las palabras de Sartre, a partir de los pensamientos que se planteen. Con los resultados de una buena discusión dialéctica, podré comparar las ideas que aparezcan con lo que he escrito en mi tesis; y eso me ayudará, indudablemente, a defenderla mucho mejor el día que me toque hacerlo ¡Claro!

—Sí, lo haremos, te daremos la antítesis —respondieron en conjunto sus amigos.

Al llegar, Eglée los recibió con una pregunta que concibió, después de mucho esfuerzo, al regresar de visitar a Vallejo en el Cementerio de Montparnasse.

—¿Se puede creer en Dios y, al mismo tiempo, aceptar que el existencialismo precede a la esencia? Pero… primero, tómense un poco de cóctel con absinthe; está junto con unos vasos sobre la mesa pegada a la ventana. Seguro que así galoparán mejor esta noche de discusión —dijo Eglée, moviendo sus hermosos hombros. Aquella noche llevaba una pequeña banda roja sobre su cabello rizado.

El apartamento tenía un techo bastante alto, lo cual contrastaba con su tamaño. Probablemente se podría construir una habitación y una terraza interior de la mitad para arriba.

—¿Por qué en la pared amarilla, cerca de la entrada, no hay un cuadro con una buena pintura que tenga solamente dos o tres colores? —alguien gritó desde la ventana.

—Oye, Pierre, parece que has liquidado ya la botella con absinthe —dijo otro desde la cocina—. Mejor sería que produjeras una idea más apropiada que la de la cantidad de colores en la pintura.

Théo, que acababa de llegar, contó sus pasos desde la pared amarilla hasta la ventana y se dijo a sí mismo: *Son apenas treinta*. Sus ojos buscaban a Eglée. Al fin la vio cuando salía de su habitación, vestida con una falda rosada, peinada hacia atrás y con unos zarcillos largos que le hacían resaltar sus orejas. Caminó hacia ella, la abrazó, la besó sutilmente en el hombro y le dijo:

—No sabes cómo quería verte hoy.

Desde la ventana, alguien dijo en alta voz:

—Creo en Dios y pienso que existir es algo que viene primero que la esencia —y agregó—: La conciencia es un ser que incluye otro ser que no es consciente de la nada de su ser.

Alguien contestó:

—Eso parece dicho a lo Sartre. Y me pregunto qué tiene que ver lo que has gritado con la interrogante que nos ha formulado Eglée y con la conciencia…

—Bueno... —dijo Pierre—. La esencia de la mentira implica que quien la dice está completamente al corriente de la verdad que oculta. Y entonces, es la conciencia la acción protectora.

Daniel habló por primera vez en la reunión y dijo, como queriendo cambiar la discusión:

—Eglée, quizás puedas decir en la defensa de tu tesis, que el movimiento estudiantil es como hacerle una magia a la conciencia burguesa.

—Oye Daniel, quizás es mejor pensar que debe haber transparencia, y no magia, en las decisiones y actos de los poderes gobernantes — puntualizó Théo.

El pasado no tiene reparo

A comienzos de una noche de abril del año 2008, Edgar y su esposa Amy se reunían, en el piso que alquilaron un año atrás en París, con un amigo de ambos, muy ingenioso y perspicaz, que vivió en Harlem en mayo del 68. Allí esperaban también a Eglée que llegaba de pasar vacaciones en Buenos Aires.

Ese día, mientras caminaban hacia el piso, decidieron detenerse en una hermosa tienda de vinos para comprar una botella de Chateau Balan de 1998. Era un Burdeos Superior que les fascinaba. Querían beberlo en la noche para celebrar la llegada de Eglée.

Por su parte, Amy compró unos fantásticos pasteles en un sitio sublime, auténtico y en cierta forma tradicional de París, la Maison de Chou, en donde todavía hacían los mejores *puffs* de crema fresca, ni demasiado dulces ni demasiado empapados en ella. La famosa pastelería quedaba frente a unos árboles de paulonias, que aún sobrevivían al tiempo y al urbanismo, en medio de una plaza pequeña y poco transitada en la rue de Furstenberg.

Algunas veces Edgar y Amy se detenían en la plaza y disfrutaban viendo las flores brillantes de color malva colgadas en las ramas de las paulonias. Siempre se recostaban al pie de la farola que lucía cinco globos blancos. Saboreaban una buena copa de helado artesanal, comprado en una heladería recién inaugurada en la rue de Seine, que para ellos era, en ese momento, la mejor de París. Sus productos los preparaban con ingredientes importados de Turín para estar al día con la nueva moda italiana.

—¿Recuerdas la consigna «Prohibido prohibir» que levantaba una magia humana hace 40 años?

—¡Claro!, ¡por supuesto que sí!, la recuerdo vivamente; allí, al fondo, cerca de la abadía de Saint-Germain, la oí gritar muchísimas veces —dijo Amy con un profundo suspiro.

—También recuerdo que hace un año, en un discurso en Bercy, Sarkozy, hoy en día en el poder, durante su campaña electoral dijo: «Debe desaparecer el espíritu del Mayo Francés del '68» o algo parecido —replicó Edgar.

Eglée llegó agotada del largo viaje desde Buenos Aires, besó en la mejilla a Amy y a Edgar y, saludó amablemente a Jimmy. Sin esperar un minuto, se tiró de espalda sobre una silla negra de estilo moderno que estaba colocada en el salón de entrada.

—¿Qué noticias nos traes de tu viaje? —preguntó Amy.

—Bueno, no logré encontrar la casa en la calle Garay donde Borges decía que estaba, en el sótano, el Aleph. Quizás han destruido la casa, lo cual sería normal en Buenos Aires. Realmente, creo que el Aleph no se ha perdido, sólo que se mudó de casa —dijo Eglée muy convencida.

—¡Sí!, el Aleph es un objeto que acumula todas las visiones humanas y transmite una energía natural como los vórtices que se producen en las rocas de Sedona en Arizona —comentó Amy algo entusiasmada—. Claro, el pasado no tiene reparo.

—Eglée, ¿te gustaría una copa de vino, o todavía bebes cóctel con absinthe, como en el 68?

—No, ahora me gusta más el vino de Burdeos.

—Bien, te ofrezco una copa, hoy compramos vino para recibirte, nos gustan mucho los vinos de uva francesa. ¡Ahora a celebrar!

—Gracias Amy, lo tomaré con placer, lo importante es que estamos casi todos juntos. Sabés, me gustaría ir al Cementerio de Montparnasse el jueves de la próxima semana. Quisiera conversar con Vallejo. Recuerdo que la última vez me dijo que conociera a su compatriota Mario, que su conferencia *El bárbaro en París*, y su libro *La civilización del espectáculo* eran fabulosos. También mencionó que Mario nació dos años antes de que él muriese, pero que lo más probable era que nunca se hubieran conocido personalmente, por lo lejos que están sus lugares de nacimiento, sabés: Santiago de Chuco en el norte y Arequipa en el sur.

—Cierto —dijo el invitado de Harlem—. He visitado recientemente el Perú y creo que esas dos localidades están como a dos días por carretera.

—Vallejo me sopló que a los muertos también les gusta contar chismes y me indicó: «Camina desde aquí por la rue Lenoir y, llegarás a la tumba de Cortázar; seguro te cuenta la verdad o tal vez la fábula sobre el orden real de los capítulos de Rayuela». Y, por otro lado, me dijo que le preguntara: «Por qué van tantos jóvenes a visitarlo a su tumba». Cuando lo hice, Julio me respondió: «La escribí sin seguir reglas, y ellos la leen porque no encierra ninguna lección y eso los entusiasma» —así lo rememoraba Eglée.

—Recuerdo que Oscar Wilde escribió: «Los viejos lo creen todo, los adultos lo sospechan; mientras que los jóvenes todo lo saben» —dijo Jimmy, tratando de incluirse más en la conversación. Brindaron por la llegada de Eglée alzando sus copas.

La idea de un socialismo

—Daniel: ¿Conoces a Axel Honneth?

—Sé que nació en 1949 en Essen, Alemania; por lo tanto, es un filósofo contemporáneo, ¿está activo, Eglée?

—¡Sí, claro Daniel, ¡despierto y pensante! Hace poco, en una conferencia en París, creo que fue a finales del año pasado, dijo: «Más que nunca, la gente está irritada ante las consecuencias sociales y políticas desencadenadas por la liberalización global de la economía capitalista de mercado. Por otra parte, esta indignación generalizada parece carecer de cualquier sentido de dirección, de cualquier sentido histórico de su objetivo final. A pesar de este gran descontento, muchos han permanecido extrañamente mudos o introvertidos, dan la impresión de que simplemente carecen de una capacidad de pensar fuera del presente y no pueden imaginar una sociedad más allá del capitalismo. La desconexión entre esta cólera y cualquier noción sobre el futuro, entre la protesta y visión de un mundo mejor, es un fenómeno novedoso en la historia de la sociedad moderna» —finalizó diciendo Eglée.

Prácticamente lo enunció al pie de la letra, mientras se tomaban un vino Malbec, en una de las mesas, en la acera del Aux Trois Petits Cochons en Montmatre.

—¿Qué te parece esta idea de Honneth? —lo interpeló curiosa y con algo de suspicacia, ella a Daniel.

En verdad, Daniel no se parecía mucho al de 1968, estaba involucrado con el Parlamento Europeo y sus preocupaciones estaban basadas en agradar a sus constituyentes. Él le contestó que lo que le parecía importante era encontrar la forma para que el pueblo, o sea la ciudadanía, entendiese que hay que buscar una vía innovadora para levantar una nueva sociedad. Le indicó que no sabía si la forma correcta estaba clara en esos tiempos modernos. Finalizó diciendo que por allí había algunos que, sin darse cuenta, persisten en la idea de un socialismo y otros, con negligencia, en un populismo.

—¿Qué te parece la comida de este restaurante? Por supuesto, no alcanza las delicias burguesas que preparaba Jacques en el L'Archestrate en el 68. No se me olvida que él fue la primera víctima durante las barricadas, por estar en aquella calle en el momento equivocado —hizo una pausa—. Aún hoy, en 1996, lo recuerdo con dolor y pesadumbre —agregó con nostalgia.

—En realidad, la bomba lacrimógena que le pegó en la cara a Jacques estaba cargada con un nuevo gas para el momento, que, en lugar de hacer llorar a la gente, la adormecía, los hacía soñar y distraerse. No podían pensar mucho, ni oír casi nada, quedaban aletargados y confusos y, una vez que caían al suelo, no podían levantarse por su cuenta. Nadie lo recogió y así fue como estuvo toda la noche de un viernes encima de los adoquines, hasta que murió —precisó Daniel.

De Gaulle y París

—Tú ¿de verdad crees qué Francia es un país adormecido? —le preguntó Celine a Didier, unos días después del 3 de mayo de 1968—. En el Ministerio del Interior no piensan así, lo que creen es que el desarrollo de Francia va a pasos veloces y que todo el mundo debería estar feliz, eso es lo que le he oído decir al conocido que tengo allí. De hecho, están comenzando a ponerle atención a las protestas, básicamente porque los obreros están empezando a alborotar las fábricas, los servicios y las industrias, motivados por el surgir y, en cierta forma, por el éxito de las protestas estudiantiles. Le tienen miedo a una unión entre estudiantes y obreros y al posible comienzo de una huelga general. Sabes, los del régimen dicen que la burguesía está representada directamente por el Gobierno de De Gaulle y se halla enfrascada en planes de desarrollo a corto plazo, claramente ambiciosos; es decir, una modernización acelerada de la economía francesa. Además, no entienden cómo los estudiantes, que son en su mayoría hijos de la clase burguesa, están en contra del Gobierno e intenten una especie de revolución junto con los obreros. Me han dicho: «Francia no puede perder su majestad y su esplendor», ¿tendrán algo de razón, Didier? —apuntó Celine—. Se me ocurrió decirles con indulgencia: ¡Todos los planes tecnocráticos afectan con cruda dureza a la estructura educativa de cualquier país! Otro representante del ministerio dedicado a investigar la vida privada de los estudiantes, me ha dicho que hay uno que es muy importante, con mucho poder de liderazgo dentro del movimiento estudiantil, que fue visto muy cerca a unos niños que van a una guardería en las inmediaciones de la Sorbona, justo en el Barrio Latino. Me comentó: «Se acerca de manera frecuente a los niños, con una actitud que lleva cierta provocación y perversión», pero... no me ha dicho el nombre del tipo, sabes: «comenta el pecado, pero no el pecador» —concluyó Celine.

—A lo mejor es al que llaman: El Ogro del Barrio Latino —respondió Didier, con agudeza e ironía.

—Seguro que terminarán usando esa información, de alguna u otra manera, para ventaja del Gobierno, sea o no verdadero el hecho —remató Celine con especial lentitud. Se despidió de Didier, quien iba, como lo hacía todos los días sin fallar ni uno solo, a otra protesta.

En la tarde de ese día, Celine recibió una llamada de Amy, quien le preguntó:

—¿Es cierto que De Gaulle ha salido de Francia para reunirse con alguien y pedir apoyo para el Gobierno?

—No sé muchos detalles sobre eso —dijo Celine—. Mejor es preguntarle a Dafnée. Cuando me informe, te aviso.

Si usted es igualitario, ¿cómo puede ser tan rico?

Por fin habían logrado ir a vivir a Montreal, después de muchos esfuerzos por salir un tiempo de Europa. Ambos querían ver nuevas situaciones y otras costumbres. No les apetecía seguir viviendo en los pocos metros cuadrados de los apartamentos parisinos. Sus sitios recientes de trabajo, y la buena remuneración, debido a la excelente experiencia de Edgar y Amy, les permitían vivir con amplia comodidad en una ciudad donde también se hablaba francés.

En un día cualquiera, frío y luminoso, Edgar tuvo la suerte de asistir a una presentación del filósofo Gerald Cohen sobre el tema: «¿Cómo el capitalismo nos hace menos libres?». El evento fue en el auditorio de la Escuela de Música, en la centenaria Universidad de McGill en Montreal. Cohen comenzó su charla diciendo: «Fui un niño, hijo de la Guerra Fría; ser comunista y ser demócrata, en ese tiempo, eran dos caras de la misma moneda». Edgar pensó que la Guerra Fría acabó con el desmantelamiento de la Unión Soviética en 1991 y el fin de un súper poder comunista.

«¡Caramba!», le dijo a un amigo sentado a su lado en el auditorio y agregó que los eventos del Mayo Francés de alguna manera fueron un intento de enaltecer el comunismo por parte de algunos partidos políticos franceses.

Al mismo tiempo, Edgar recordaba que los mismos eventos coincidieron con el tiempo de las tensísimas relaciones entre Estados Unidos y la Unión Soviética. Por su parte, su amigo divagaba pensando que la expresión "guerra fría" fue utilizada por primera vez por el escritor inglés George Orwell, el famoso disidente.

Edgar, con sus cincuenta años, todavía realizaba sus propias investigaciones en aspectos filosóficos, entendía pragmáticamente la filosofía como el arte de describir acontecimientos, no desde el punto de vista del materialismo histórico de Karl Marx, pero sí con componentes políticos.

Al salir de la charla de Cohen se encontró con Amy, quien estuvo visitando a una amiga enferma, recluida en un lugar muy cercano a la universidad, en la calle Sherbrooke.

Nada más verlo, le preguntó:

—¿Qué tal el moderno filósofo inglés?

—Te cuento después. Primero tengamos una cena agradable, por supuesto acompañada con un delicioso vino francés, en el amigable L'Auberge Saint-Gabriel.

Previamente se detuvieron en la Place D'Armes, en la parte más antigua de la ciudad, donde se encuentra un monumento en honor a Paul de Chomedey, fundador de Montreal. Les encantaba ver a la gente en la plaza, cerca de las palomas, y en especial, a los caballos que tiraban de carruajes de dos ruedas. De pronto Amy recordó que hacía muy poco, cuando fue a visitar la Basílica de Notre-Dame, ubicada enfrente de la plaza, observó a una mujer que parecía buscar algo en el suelo. Ella no sabía si la joven señora rastreaba algo luminoso o si estaba simplemente preocupada pensando acerca de su futuro. Quizás ella también tenía a alguien cercano muy enfermo, tal como estaba su amiga, la agente de publicidad de su libro. Después de observarla un rato se dio cuenta de que lo que la mujer veía era a un niño muy pequeño jugando con la comida de las palomas.

Cuando por fin llegaron, el restaurante estaba atiborrado; pero consiguieron, con mucha suerte, porque no hicieron reservación, una mesa situada cerca de la vieja pared de piedra.

—No me siento muy bien —empezó diciendo Amy apenas se sentó y agregó a muy baja voz—, estoy bastante triste por lo de la enfermedad de Tya —y con una voz que se le quebraba, continuó—: Ella está muy mal, no encuentra valor para resistir el dolor, quiere salir del sitio donde está hospitalizada, dice que es oscuro, que no la alimentan bien, que no le dan las medicinas a tiempo, que no limpian a diario su habitación, que le quitan sus libros, que el agua de beber no está suficientemente fría. Total, que ese lugar parece un manicomio. Mi amiga está muy deprimida, pienso que no quiere vivir muchos días más. ¡Qué cambio tan violento!, pensar que su mente trabajaba hace nada de una manera espectacular. Yo creo que no hubiese podido tener tanto éxito con mis libros, si no hubiera sido por Tya —finalizó diciendo Amy.

—¿Por qué no publicas un artículo en el Montreal Gazette? y lo titulas: «Sobre la llegada de tus posibles últimos días, amigo lector» —dijo Edgar—. Sin pretender alejarte de tus preocupaciones por Tya, déjame decirte que Cohen dijo en su charla que el credo marxista aprendido en la escuela judía, donde estudió, dejó en él una notoria huella, es decir, un compromiso con los ideales socialistas y que ahora tenía la convicción de que el fracaso sufrido hasta hoy por todos los intentos de superar el carácter depredador de las sociedades de mercado no es una buena razón para dejar de intentarlo, entonces ¿por qué no el socialismo?

—Esto que me estás diciendo, me hace recordar el Mayo Francés, cuando estábamos en París... me imagino que todavía lo recuerdas, ¿verdad?

—¿Estas bromeando? —dijo Edgar.

—¡Claro que no! —le respondió Amy—. Debemos repensar lo que sucedió en esos días de la "Primavera del 68". Y no lo hablemos hoy, dejémoslo para otro día, cuando mi estimada amiga Tya no esté revoloteando en todos mis pensamientos.

Eglée y sus lecturas cuando adolescente y años después

¿Qué significa que vine al mundo en el seno de una familia burguesa? Quiere decir: que me gustan las buenas comidas, que no nací en el medio de la calle, que conozco a mis padres, que voy a una buena y reconocida universidad, que he jugado con muchos juguetes, que trato de ser honesta, que leo muchos libros, que me gusta la naturaleza, que no deseo tener envidia de nada ni de nadie, que me gusta el sexo y que creo en la libertad. Esto es parte de mi interpretación y comportamiento en la vida, pensaba Eglée mientras leía un libro de Simone de Beauvoir. Ella

fue su profesora de filosofía en La Sorbona y para el momento de presentación de su tesis tenía treinta y ocho años más que ella.

Ya Beauvoir tenía publicado uno de sus más famosos libros: *El segundo sexo,* en 1948, y le obsequió a Eglée un ejemplar, muy afectuosamente autografiado, el día que ella presentó, con éxito, su tesis de grado. Pero lo que más le emocionaba y gustaba leer era el ensayo *Pyrrus et Cinéas,* publicado un año antes de su nacimiento, y que invocaba la figura de Pirro de las *Vidas paralelas* de Plutarco. Eglée, se dijo: *¡Caramba! ahora vivo a sólo unos quinientos metros del apartamento de ella.* Y agrego: *¡Increíble!, cuando la he visitado veo, desde la ventana del atelier, el Cementerio de Montparnasse.*

Dudo cuando pienso que querer ser libre sexualmente y ser honesta sean ideas contradictorias; o ¿si tener una naturalidad que desea, ama y anhela son esencias o pensamientos que limitan mi vida?, meditaba Eglée. En un continuo ir y venir, vacilaba y se preguntaba: *¿Por dónde empezar, ahora que no soy estudiante?* Y se respondía: *Por el camino que tome, debo terminar en algo importante, pero ¿qué es ese algo?* Recordó que de la lectura de *Pyrrhus et Cineas,* arribó a la conclusión: *Para qué levantar velas, si es solo para regresar.*

La memoria y la adivinanza

«Alguien ha escrito que, filosóficamente, la memoria no es menos prodigiosa que la adivinanza del futuro», así comenzó Eglée su conferencia a mediados de 1998, treinta años después de haber culminado sus estudios en La Sorbona. «Fíjense que el día de mañana está más cerca de nosotros en el tiempo que los sucesos en París, protagonizados por los jóvenes franceses, y, sin embargo, los podemos recordar», dijo Eglée. Hizo una pausa y preguntó, elevando un poco la voz: «¿Qué recurso no se debe olvidar cuando se invoca una huelga?». Nadie respondió ni una sola palabra, como ella esperaba, y continuó diciendo: «En el 68, el mayor conjunto imaginable de trabajadores se integró a la huelga que fue prácticamente general en toda Francia». Hizo una nueva pausa y agregó, esbozando una sonrisa: «Saben, la respuesta a mi pregunta anterior es el recurso memoria». Deberían percatarse que el mismo filósofo a quien me referí indirectamente al comienzo de la presentación, también escribió: 'Todas las mujeres conocen el comercio carnal y no todas son madres'. La verdad, debo decir que no tengo la más mínima idea de lo que estaba pensando esa "etérea" persona», dijo mientras dibujaba unas comillas en el aire y añadió: «Por eso pienso que no siempre hay que aceptar lo que dicen los perseguidos por la fama».

Todo eso no cambiará la esencia del sistema: el gran espectáculo

Temprano en la mañana, en un día lluvioso, Théo paseaba al lado de Eglée a lo largo del puente Saint Louis. Ambos se distraían viendo pasar el agua espumante del río y a los chicos en la calle que cuando llovía patinaban forzando al máximo sus rodillas para no perder el equilibrio. Uno de ellos no lo logró y rodó unos veinte metros sobre el pavimento y, tristemente, no se levantó de inmediato. La tabla voló por el aire y cayó al río Sena.

—La lluvia es plácida, pero también empapa la calle que va hacia el puente donde los enamorados ponen los candados en la malla de la baranda como recuerdo de su visita a París. La *quai de l'archevênché,* como le dicen los parisinos a esa calle —dijo Théo.

—Cierto —en voz no muy alta, replicó Eglée—. Cuando la calle se empapa, causa esos terribles accidentes. ¡Ah!, te llamé ayer para preguntarte algo sobre nuestro próximo viaje a Estados Unidos y no recibí respuesta.

—Mira qué cantidad de personas están caminando hacia acá, la caída del chico fue aparatosa —comentó Théo asombrado y a continuación explicó—: Ayer no estaba en casa, por eso no te respondí.

Caminaron los dos hasta un banco de madera algo alejado del puente y se sentaron a conversar sobre sus planes futuros. El sol ahora resplandecía y los ponía inquietos.

—¿Crees que nevará mucho el próximo mes en Colorado? —le susurro Eglée—. A mí no me entusiasma mucho la nieve.

—A mí me hipnotiza, quizás podríamos ir a las bellas montañas en Vail —dijo Théo emocionado—, y sumergirnos en la nieve.

Una cantidad de personas ya formaban una muchedumbre y los patinadores se le unían para protestar porque la calle, donde había caído el chico, tenía unos adoquines muy viejos.

—¿Qué te parece Eglée? —la caída fue dramática y ahora parece que tenemos un espectáculo.

—¡Cosas del modernismo! —apuntó ella—. Voy al quiosco a comprar el *Le Monde*. Seguramente, el titular es: «Hoy recordamos que hace 30 años sucedió el Mayo del 68, y en aquel momento, los estudiantes decían: 'Debajo de los adoquines está la playa'».

—Te apuesto que mañana, la noticia en la prensa será: «El monopatín se encuentra aguas abajo del río Sena, con dos ruedas menos, a unos quinientos metros de la Isla Saint Louis» —argumentó con mordacidad Théo.

Resulta que una de las ruedas se salió violentamente de la tabla de patinar y le pegó en la rodilla al muchacho, por eso no pudo levantarse de inmediato debido al inmenso dolor. Algunos compañeros del atrevido adolescente pensaban que debían demandar a la compañía que produce la patineta. Sin embargo, alguien dijo:

—La rueda fue la que hirió al chaval, la compañía que las fabrica debe ser la demandada.

La conocida periodista Attiene Gallant llegó al lugar del accidente y vio a Théo que estaba sentado muy tranquilo en el banco, esperando el regreso de Eglée de la compra del diario. Ella, sin mucha indecisión y con un poco de coquetería, le preguntó:

—¿Qué opinas de este suceso, será culpa del joven, de la rueda o de los adoquines?

—La verdad es que no estoy seguro —respondió él, sorprendido—. Más confiado estoy que este accidente, o mejor dicho evento, se está convirtiendo en un espectáculo.

Se le ocurrió proponerle a la cronista que los entrevistará a ellos en su programa semanal que se trasmitía en horario estelar, en la *Radio France Internationale*. Ella no lo dudó un instante y le dijo que le confirmaría el día y la hora cuando llegase a la oficina.

—Me encantaría que vinieras tu solo — agregó Attiene.

¿Ilusión o revolución... o quizás utopía?

—Las libélulas son insectos que en su estado adulto se alimentan especialmente de mariposas. Tienen grandes ojos multifacéticos y dos pares de fuertes alas transparentes que semejan cristales de muchos colores que no pueden plegar sobre sus alargados abdómenes —comentó Amy sorpresivamente—. Hay quienes las confunden con los caballitos del diablo.

Así inició ella la conversación en el restaurante donde se reunieron para celebrar el reencuentro, después de cincuenta años de aquella fantástica primavera en París. Amy continúo diciendo:

—Recuerdo que cuando iba a la tumba de Porfirio Díaz, por allá a mediados del 68, sentía pasar muchas libélulas y también escuchaba un murmullo que recitaba: «Ellas simbolizan poder para transformarse, habilidad para adaptarse y disposición al cambio».

—¿Qué te parece, Amy? Oías murmullos de caballitos del diablo, digo libélulas, y ¿de qué otra cosa? No me extraña, estando tan cerca de la tumba de un dictador de México del siglo XIX —exclamó Eglée—. A mí me parece que escuchabas con tus ojos a los muertos o simplemente vivías una conversación con el difunto —concluyó parafraseando a Quevedo.

—Yo te oí decir una vez, aunque no era parte de la conversa: «Pero los muertos míos si hablan», cuando charlabas con MayMai, en el Rosebud —dijo Théo—. Bueno, pero eso fue en el 68.

Edgar, recién incorporado a la espontánea reunión en *L'Ilot Vache*, expresó:

—¿Cuál es la herencia de los sucesos del mayo de 1968 en París?

—¡La herencia, realmente no sé cuál fue! —dijo Théo.

—Yo añoro ese año —expresó Amy—, recuerdo con melancolía las noticias que enviaba como periodista.

—Bueno, pero ahora brindemos —dijeron con ritmo Amy y Eglée—. Estar juntos es una verdadera felicidad y tenemos mucha suerte.

—Podríamos decir que somos «sortarios» —agregó Théo—, teniendo este encuentro con tanta alegría y en tan bello lugar.

—La democracia en esa época se encontraba controlada y, a final del mes de mayo, totalmente disminuida. Pero la solución de De Gaulle de llamar a elecciones fue muy inteligente y lo ayudó a permanecer en el poder —apuntó Edgar.

—Recientemente, leí en una revista política: «Hay que recuperar, mantener y transmitir la memoria histórica, porque se empieza por el olvido y se termina con la indiferencia» —dijo Amy.

—Deberías, Amy, escribir un libro narrando las experiencias que día a día fuiste coleccionando —dijo Eglée. Y todos respaldaron la sugerencia.

Estaban en el restaurante que quedaba cerca de un apartamento que Edgar estaba tratando de comprar. Querían conversar y celebrar que se encontraban, otra vez, juntos en París, después de tantos años. Llegaron los platos de entrada que ordenaron: *Escargot de Bourgogne au beurre persillé, Saumon gravlax, Foie gras mi cuit au sel de Guérande, Terrine du chef* y *Rissotto aux cèpes et magret fumes.* Y por supuesto, mucho más vino blanco. Al final de la cena, todos aceptaron con cierta tristeza, que el legado de Mayo del 68 había sido la historia de una gran ilusión.

—Definitivamente, no fue una revolución —dijo Edgar—, quizás podría llamarse una utopía, creo que soñamos con el estado perfecto.

—Eso es bastante pasable, recuerden que nadie se quedó *empantuflao*, todo el mundo salió a la calle a manifestar y luchar por algo mejor —agregó Eglée.

—La verdad es que nadie se acostumbra a entender viejas realidades: ¿ha cambiado la esencia del sistema?, en realidad creo que no hay una respuesta contundente a esta difícil pregunta. Los problemas siguen siendo los mismos que hace cincuenta años —expreso Théo.

Los cuatro amigos aceptaron que la democracia ha sido una buena intención y que la desaparición de gobiernos autoritarios o dictatoriales ha incrementado notablemente, pero ella —la democracia— por sí misma no ha eliminado por completo la pobreza, incluso en algunos sitios ha avanzado.

Se despidieron y cada uno se fue a dormir a su hotel.

La evolución produce lo nuevo, manipulando lo viejo

Eglée mentalmente vive sus años de inspiración. Sigue hermosa como cuando vivía en la calle Campagne Première. Quiere celebrar sus "cuantos" años junto con Amy. Ella recuerda que tienen la misma edad. *Debo llamar mejor a Edgar para que organice la fiesta*, pensó Eglée.

En esta época, se ve que existe un cambio en el comportamiento de los políticos franceses, como si manipularan los pensamientos del 68, Eglée piensa que ya no hay una lucha frontal entre el gaullismo de De Gaulle y los socialistas, ahora lo que hay es un frente de extrema derecha que se hace llamar "representantes del pueblo francés" y, además, el poder está en manos de un político que ha dicho en innumerables ocasiones, olvidemos el Mayo del 68.

—¿Por qué han escogido ese lugar para reunirnos? No entiendo qué significado tiene ir a Islandia para celebrar mis sesenta años y los de Eglée —preguntó Amy a Edgar.

—Bueno, siempre es interesante conocer una cultura tan diferente, y que, aunque geográficamente está cerca del continente europeo, a unas cuatro horas de París; en realidad está lejos cuando se comparan las costumbres sociales —le apuntó Edgar—. Además, Eglée anda muy inspirada y le gustan ahora esas tierras llenas de un vínculo fuerte con la naturaleza. Además, me dijo: «!Sospecho que la periodista Attiene se aparecerá con su cara muy campante!».

—Bien, iremos, pero antes del viaje debo apresurarme a preparar un artículo que tengo retrasado. ¿Recuerdas el prefacio de Engels a un artículo de Marx sobre la lucha de clases en Francia en el siglo XIX?, no puedo olvidar que al final decía: «Hace casi exactamente 1.600 años, actuaba en el Imperio Romano un peligroso partido de la subversión».

—Sí, lo recuerdo muy claramente —respondió Edgar—. Era un grupo de cristianos que minaba todos los fundamentos del estado gobernado por Diocleciano. Era el partido de la "revuelta".

—Cierto, el emperador no podía seguir contemplando cómo se minaba el orden, la obediencia y la disciplina dentro de su ejército. Entonces, dictó una ley general contra ellos, a los que Engels una vez llamó socialistas —continúo

Amy y agregó—: Mira, los cristianos se burlaban de esa ley y hasta se dice que le quemaron al emperador su palacio. Él se vengó con la gran persecución del año 303. Pero diecisiete años después, el ejército estaba compuesto predominantemente por cristianos, y el siguiente autócrata del Imperio Romano, Constantino, proclamó el cristianismo como la religión del Estado.

Todos se encontraron en Reikiavik y de allí, siguieron hacia el interior del país para deleitarse viendo los glaciares, brindaron con agua helada y comenzaron a hablar arrebatados, como siempre, de miles de cosas.

—Pienso que la solución de los problemas en cualquier país, no la encontrarán los que viven en las grandes metrópolis, allí hay un gran desarrollo tecnológico, pero no pueden avanzar porque solo modifican lo que les conviene —dijo Théo—. He viajado antes a Islandia y he aprendido mucho. Fíjense, hoy estaremos haciendo senderismo y comeremos en el campo, sin la comida francesa que le gusta tanto a Edgar.

—Está bien Théo, pero no dejaremos de hablar de política —dijo Edgar con entusiasmo.

—Vine con anterioridad a Islandia, cuando viajaba en un vuelo de París a Nueva York, un pasajero enfermó de gravedad y el piloto decidió desviarse y detenerse en Reikiavik por la emergencia. Perdí la conexión del vuelo hacia Nueva York por distraído y tuve que quedarme unos cinco días aquí. ¡Qué suerte tuve! —expresó Théo—. Saben, aprendí que se desarrollaba un excelente movimiento político y social con una tranquilidad increíble, pero con una convicción como en ninguna otra parte de Europa.

—Sí, es cierto —enfatizó Edgar—. Eso he leído hace poco. Asimismo, sé que eligieron presidente a una mujer, creo que fue la primera vez que pasaba en Europa.

—Yo lo reseñé como noticia y pensé que iba a ser impactante, pero en realidad, la prensa, o lo que ahora llaman los medios, no lo recogió con intensidad, más bien lo dejó pasar por debajo de la mesa —dijo Attiene, quien, no se sabía cómo, se tiró el viaje como acompañante de Théo.

—No solo eso ha quedado por debajo de la mesa —remató Eglée, entornando sus ojos color carbón mientras mostraba una sonrisa irritante—. ¿Cómo te fue Attiene en el viaje a Kauai para celebrar tu aniversario de periodista vanidosa? —la sondeó visiblemente afectada por su presencia.

De la Universidad de Nanterre al presidente actual

Vieron una pancarta gigantesca que decía: «¡Sí a la globalización!» y «¿Qué importa si estás casado con una mujer que es unos veinte años mayor que tú?» En la parte superior de la pancarta resaltaba el nombre del nuevo presidente de Francia.

En 1968, la cantidad de estudiantes en el país alcanzaba la suma de más de seiscientos mil. No habían sido construidas nuevas universidades, con excepción de la Universidad de Nanterre, en las afueras de París. A pesar del aparente progreso y nivel de educación, la Francia de Charles de

Gaulle parecía más un lugar con características opresivas. El General quería un país moderno y dinámico basado en formas muy conservadoras y con un sistema social muy controlado. Los trabajadores en las fábricas eran tratados como inferiores, tanto por los jefes como por los sindicatos.

—¿Recuerdas el artículo en *Le Monde* de Pierre Viansson-Ponté en donde decía que Francia padecía de aburrimiento? —preguntó Théo.

—Eso fue un poco antes del comienzo de los sucesos del 68 —dijo Eglée—. Sabes, yo en ese entonces era muy espontánea.

—En aquel tiempo, lograr el derecho a tener sexo en las habitaciones fue una de las principales motivaciones de los estudiantes de la Universidad de Nanterre para comenzar las protestas que, como ya tú sabes, continuaron en la Sorbona —le recordó él.

—¡Claro! —dijo ella—, no puedo olvidar que ese mensaje de libertad sexual me entusiasmó, a pesar de que las protestas impedían la presentación de mi tesis de grado.

Esa noche de julio estaba más húmeda que nunca, las calles estaban prácticamente vacías, la lluvia caía sobre ambos que caminaban sin hablar a lo largo de la calle Médicis, después de cenar en Cuatro Gatos. Estaban cerca del Teatro Odeón. De pronto, Eglée rompió el silencio:

—¿Qué podemos decir sobre el 68?, eso siempre me revolotea sobre la cabeza.

—¿Crees que fue acaso solo una antología de grafitis novedosos? —le preguntó Théo.

—La verdad es que no estoy segura. Pero sí pienso que fue un símbolo de transición de épocas.

Recuerdo que muchos apoyaban la revolución cubana y paulatinamente se fueron decepcionando.

—Pero, además, tampoco se produjo la toma del poder en Francia —expresó Théo.

—Me alegra saber que el nuevo presidente está con la globalización. Ese era el escenario más favorable que le destaqué al jurado cuando presenté mi tesis de grado hace tantos años atrás —dijo con humildad.

—¿Y qué te parece la edad de la primera dama?

—Bueno, es parte del cambio de época —contestó pensativa.

Con cada paso sentían los pocos adoquines que todavía existían en las calles, recordaban que, algunas veces, aunque apagado por el ruido de alguna ambulancia, podían escuchar a los estudiantes y obreros cantando *La Internacional*.

Revivían los sucesos del 68: cuando los manifestantes quemaron pedazos de árboles, cuando tumbaron parte del mobiliario urbano, principalmente las señales de tránsito, cuando tomaron el teatro Odeón.

—Al final, cuando evacuaron el teatro, la situación fue muy compleja —farfulló Eglée—. Su ocupación molestó mucho a De Gaulle. La noche del 19 de junio había unas tres mil personas dentro del recinto. El prefecto de policía, desde la calle Médicis, dirigió la operación de desalojo —gruñó Eglée.

—Probablemente, este era el último refugio del Mayo del 68. En un momento se llegó a decir que De Gaulle temió por su vida —dijo con voz pausada Théo y agregó a *sotto voce*—: Me alegra que estemos otra vez juntos.

Otro viaje a Nueva York

Durante el viaje a Nueva York, donde vivían desde hacía muy pocos años, Eglée pudo leer el último libro de Amy titulado: *Los tiempos vibrantes y eróticos de Eglée en París.* Amy no había comentado nada en absoluto acerca de la historia propia en la novela pues según ella todo era ficción. Estaban cansados por el largo viaje, por eso tomaron un helicóptero desde el aeropuerto Kennedy y llegaron en pocos minutos al helipuerto que está al lado del East River. Después de un muy breve recorrido en taxi, arribaron a la vivienda en un edificio en el 415 de la calle 37 del lado este de Nueva York. El portero los recibió como siempre con gran amabilidad y eficiencia, sacó las maletas del taxi y las llevó de inmediato al *lobby*.

—Bienvenidos a su hogar —manifestó con gusto Emilio, al tiempo que Théo le estrechaba la mano con entusiasmo.

Subieron al apartamento en el piso 41 desde donde podían ver a la perfección el Empire State que esa noche estaba iluminado en su totalidad de color azul.

—Reposémonos un rato antes de la cena, ¿qué te parece, Eglée? O primero nos vamos a la piscina y después a cenar —preguntó Théo.

—Mejor vamos a la piscina y, por supuesto, después al Alcalá. Hoy me comeré unas almejas a la bilbaína, junto con espárragos a la navarra.

Llegaron al restaurante alrededor de las nueve de la noche, como de costumbre fueron recibidos con amabilidad y los sentaron en la mesa cerca de la ventana que mira hacia la calle 44.

—Qué bien me siento cuando vengo aquí —Eglée le dijo a Joaquín, quien se encontraba atendiéndolos.

—Me imagino que quieren el mismo vino de siempre, aunque les puedo ofrecer un Malbec excepcional, lo llaman Funky Llama.

—No, mejor igual que la última vez, seguiremos con el Laurona del Priorat —dijo Eglée.

—Sentirte escéptico por los acontecimientos de mayo del 68 parece hoy en día algo natural. Daniel, líder para aquel entonces, está acusado de pedófilo y, por otro lado, es miembro de la Asamblea Legislativa de la Comunidad Europea. Algunas chicas, de moda en aquella época, están hoy en día solitarias por el mundo.

Increíblemente, Mitterrand y Chirac fueron presidentes de Francia. ¿Dónde quedaron las verdades adquiridas? —preguntó reflexivo Théo.

—No sé, quizás la única evidencia es que, después de tantos años, se siguen repitiendo los mismos errores que sucedían antes o en el mismo 68. Ya yo no pretendo imponer mis ideas a nadie a estas alturas de mi vida —susurró Eglée.

—¡Brindemos! Celebrando que estamos aquí y que podemos cenar muy bien y felices de la vida —dijo Théo—. En verdad que somos unos pequeños burgueses.

De las comunas de 1871 al Mayo del 68

—Saben ustedes que la derrota del gobierno comunal parisiense en 1871, considerado como el primer gobierno proletario del mundo, dejó una profunda reflexión en el campo socialista —dijo Edgar y agregó—: Marx y Engels produjeron diversos análisis a partir de esa experiencia.

—Sí, evidenciaron que más allá de una guerra civil, el proceso de formación y, principalmente, la derrota de la Comuna de París, fueron expresiones de una lucha de clases en un país que en ese momento estaba en pleno "desarrollo capitalista" —afirmó Amy.

—Quisiera decir que, de mis muchas lecturas, he entendido que la Liga Comunista, una organización obrera internacional y por supuesto clandestina para la época, encargó a Marx y Engels la redacción de un detallado programa teórico y práctico para darlo a la publicidad y para que sirviese de programa para el propio partido —dijo el moderador del programa: *Motivaciones y Herencia a los Cuarenta Años del Mayo del 68*.

Estaban en la oficina de la principal cadena de televisión de París. La pareja había sido invitada a participar en un diálogo sobre el Mayo del 68. Aceptaron asistir a pesar de que ya no querían recordar más los hechos de esos días, ya que ellos pensaban que los eventos no fueron exitosos y solo provocaron la interrupción del progreso.

Eglée y Amy en el Cementerio de Montparnasse

Al comienzo de la noche, todavía estaba Eglée en el cementerio. Sentía mucho frío y soledad. De pronto oyó un ruido brusco y vio caer unas hojas secas muy cerca del banco amarillento donde se encontraba sentada. Pensó, *aquí no hay nadie vivo* y escuchó algo como: «Siempre recordaré el primer día que te tuve desnuda en mi cama». Decidió levantarse tratando de escapar de esas alucinaciones, pero el murmullo seguía: «Quisiera quitarte tu ropa interior de encaje negro». *¿Cómo sabe lo que llevo puesto?*, pensó de inmediato.

Un segundo más tarde sintió que le jalaban las bombachas y se las comenzaban a bajar. Sin mucho preámbulo, una mano se deslizó hacia su "guayaba dorada", acariciándola con ardor; y al rato, un dedo se perdió dentro de ella. «Lo besé y me estremecí, le imploraba entre gemidos, casi sin poder respirar que no parara», le relataba Eglée a César Vallejo.

—Otro día, deseosa de tener otro impactante espejismo, regresé a la misma hora al cementerio y me senté otra vez en el mismo banco destartalado por los efectos del tiempo. La noche estaba cálida, me quedé con el seno derecho al descubierto, luciendo orgullosa mi pezón muy rosado. Bajé mi mano izquierda, me levanté el vestidito que llevaba, al tiempo que movía mi otra mano hacia mi entrepierna —le describió Eglée a

Amy. Quería contarle todo a su amiga que esta vez fue con ella al cementerio.

—¿Y eso fue todo? —preguntó **algo incrédula** y asombrada Amy.

—¡No! todas las vibraciones continuaron, sentí que me mordían el cuello, que me acariciaban el interior de mis muslos, que me tocaban allí donde me hacían sentir muy mojada; y al final, me besaban con una intensidad indescriptible, entonces comencé a gemir y gemir. ¡Claro, eran solo alucinaciones! Han pasado veinte años de eso —dijo algo más calmada Eglée a Amy—. Sabés, ahora además de César y Porfirio, a unos metros de aquí, desde el año 1984, está Julio Cortázar. Vamos, caminemos a lo largo de la calle Lenoir y encontraremos su tumba. Quizás nos hable en *gíglico*, sabés, el idioma de los eróticos y enamorados —mencionó Eglée divertida.

Sobre la mélancolie de gauche, es decir la melancolía de izquierda

—¿Qué significa para ti ser pequeño burgués? —le preguntó Edgar a Théo, cuando conversaron diez años después del Mayo del 68, sentados a una mesa del Café de Flore en el boulevard Saint-Germain.

—Entiendo, por lo que he leído en el Manifiesto Comunista, y solo lo he hecho por satisfacer mi ánimo contemplativo, que ellos definen el socialismo pequeño burgués como una clase que flota entre la burguesía y el proletariado —expuso, lo mejor que pudo, Théo.

—Tú quieres decir que ¿emerge y navega entre esas dos llamadas clases? —lo parafraseó Edgar, acentuando todas las palabras.

—No, no únicamente eso, hay que agregar que también el documento dice: «Por lo demás, no se molestan gran cosa en encubrir el sello reaccionario de sus doctrinas» —agregó Théo—. ¡Oye! lo que más reprochan a la burguesía no es el engendrar un proletariado, sino provocar un "proletariado no revolucionario" —continuó Théo.

—¿Tú crees que hay ahora una melancolía de la izquierda?

—No lo tengo cien por ciento claro, lo que sí pienso es que una vez desmontada la pretensión de que ellos estaban sobre algo casi perfecto, como una utopía, el marxismo dejó de ser, en un momento, un espacio de transmisión de la memoria de clase y de luchas salvadoras —dijo haciendo una pausa—. No cabe ninguna duda, Edgar, que esa cacareada utopía era un movimiento de la visión marxista de la historia.

Carta de Edgar

Estando de veraneo en una localidad apartada del Mediterráneo, Edgar recibió una llamada de un buen amigo, colega de la Universidad de Columbia y que, por esas cosas inexplicables en la vida, buscaba detalles acerca de lo ocurrido en Francia en mayo del 68. Él decidió enviarle un resumen mediante esta carta:

Querido amigo:

Aquí va mi relato como tú lo quieres, más cronológico que psicológico. Dudo mucho que ya no esté escrito en alguna otra parte. ¡Pero aquí va!

El 3 de mayo — La policía desaloja y cierra La Sorbona, se desata la violencia en el Barrio

Latino, se oye que hubo 100 heridos y alrededor de 600 detenidos.

El 6 de mayo — Después del fin de semana, más batallas en el Barrio Latino, muchos policías y estudiantes heridos; comienza un apoyo de todos los estudiantes de Francia a los manifestantes en París.

El 10 de mayo — La gran lucha en el Barrio Latino, muchos heridos... incendio de autos, peleas en las barricadas entre estudiantes y la policía.

El 11 de mayo — Los sindicatos más importantes convocan una huelga general para el 13 de mayo.

El 15 de mayo — El teatro Odeón es ocupado por unos 2500 estudiantes y la fábrica Renault es ocupada por los trabajadores.

El 20 de mayo — Se estimó que 10 millones de trabajadores estaban en huelga y Francia se encuentra prácticamente paralizada.

El 24 de mayo — El presidente De Gaulle anuncia un referéndum en la radio y la televisión; en la noche más heridos...

El 25 de mayo — Radio France y la televisión se declaran en huelga, ¡ah! el primer ministro Pompidou negocia con todo el mundo.

El 27 de mayo — Se alcanza un acuerdo entre los sindicatos, asociaciones de empresarios y el gobierno.

El 29 de mayo — El presidente De Gaulle visita al general Massu, quien dirige las tropas francesas estacionadas en Baden-Wurttemberg para asegurar su apoyo.

El 30 de mayo — En la radio, De Gaulle anuncia la disolución de la Asamblea Nacional y la celebración de elecciones que se llevaran a cabo dentro del cronograma por él establecido. Pompidou continúa siendo el primer ministro. Los estudiantes retornan a clases pacíficamente, los obreros vuelven a sus fábricas con pocos nuevos beneficios.

El 30 de junio — De Gaulle sigue siendo el presidente.

Quiero, finalmente decirte, que al año siguiente hubo un referéndum y De Gaulle salió del poder.

Amigo, hace 27 años cumplí 27años, nada más. ¿Cómo podía ser tan joven hace 27 años?

Esta historia que te he narrado en muchas líneas, curiosamente ocurrió en pocos días.

En Porto Carras, a 24 de julio de 1995.

Saludos Edgar

Cincuenta años no son nada

Al día siguiente de la conversa y cena en L'Ilot Vache se dirigieron hacia la empresa de televisión más importante de París. Era una tarde hermosa con olor a primavera. Se sentaron en los amplios sillones del salón de recepción. Las ventanas iban del piso al techo con un vidrio transparente especial para evitar el paso de los rayos del sol. No tenía cortinas, no se veían cuadros con pinturas famosas sobre las paredes, todo parecía estar diseñado para vislumbrar el esplendor indivisible de la gran ciudad. Desde ese último piso podían ver con claridad el Cementerio de Montparnasse y distinguir a lo lejos la Torre Eiffel.

Se acercó el jefe de redacción de la emisora, entró y les preguntó:

—¿Qué tal sus viajes?

Los cuatro agasajados contestaron casi al unísono:

—Perfecto y muchas gracias por invitarnos.

Luego el hombre les sugirió que durante el programa sería mejor si Eglée fuese la principal protagonista.

Pasaron al estudio, se sentaron, ahora, en unas butacas estrechas. El programa comenzó cuando el entrevistador, que también hacía de moderador, expresó:

—Los años pasados son solo para el recuerdo; no tienen reparos, solo justifican las experiencias, solo engrandecen los cariños, solo resaltan los errores, son solo un rastro. ¡Bueno! eso he oído decir a muchos deslenguados. Qué tal si me narran, ¿cuál fue el aprendizaje y sensación más importante durante y después de los sucesos de la primavera en París en 1968? y ¿cuál ha sido su principal legado? Empecemos con Eglée.

—Mejor comienzo por manifestar algo sobre mi más elemental desengaño o, mejor dicho, desencanto. ¿Lo acepta usted así? —dijo Eglée. Ella estaba vestida con ropa ligera y elegante e intentaba colocarse lo mejor posible en la butaca incómoda que le asignaron. Ese día se cumplían cincuenta años del inicio del Mayo Francés o Mayo del 68.

—¡Bienvenida!, por supuesto —dijo el famoso entrevistador de *Francia TV* Mientras él miraba hacia la cámara principal—. Adelante Eglée.

—No he podido distinguir cómo las siguientes tres ideas: el razonamiento hegeliano, el materialismo histórico de Marx y el existencialismo de Sartre ayudan a resolver los problemas de la sociedad —apuntó con seguridad Eglée—. Quizás, lo que sigue sea un poco extenso, pero creo que es importante que me explique: la reflexión de Hegel o lo que algunos llaman la "dialéctica hegeliana" no es sino un simple proceso de análisis del espíritu; el cual no permanece nunca quieto, sino que se halla en un movimiento incesantemente progresivo. Siempre me he preguntado si en realidad no es ella una interpretación idealista de la historia. Por otra parte, pienso que el materialismo histórico es nada más que una doctrina del marxismo sobre las leyes que rigen la evolución de la sociedad humana. Creo que algunos la suponen opuesta a la doctrina hegeliana. Asimismo, quiero decir que la interpretación materialista de la historia no ha ayudado a resolver los problemas existentes en ningún país. Y, por último, el existencialismo es más de lo mismo, no significa absolutamente nada. ¿Qué ganamos con discutir si la existencia precede a la esencia? ¿O es que hay que partir de la subjetividad para entenderse a sí mismo?

—Tus ideas son interesantes e importantes, pero hay algo que tengo que preguntarte: ¿Qué sucede con la noción del reconocimiento social moderno?, lo que ha sugerido Honneth hace poco, ¿crees que es simplemente una conjetura? ¿Por qué no has incluido esa noción en tu planteamiento? —interceptó Edgar—. Pienso que es también importante analizar proposiciones planteadas en estos últimos años.

—Sí, de acuerdo, el reconocimiento moderno en términos de solidaridad, que es una de las formas presentadas por Honneth, es un detalle esencial de ese concepto, el individuo necesita del otro para poder construir una identidad estable y plena —expresó Eglée con naturalidad—. La solidaridad debe plantearse en prácticas sociales orientadas a que el individuo perciba determinadas cualidades suyas como valiosas en función de objetivos colectivos relevantes.

—Claro, el sendero histórico del reconocimiento social nos dice que en la antigüedad solo las personas con méritos y que obtuviesen apreciación social podían llevar una buena vida —dijo Amy oportunamente—. ¿Y ahora qué sucede en el 2018?

—Pero en la época moderna, la existencia de ciertas condiciones socialmente indeseables: cómo la adquisición de fama pasajera o reaccionar airadamente de palabra o acción para llamar la atención son, por desgracia, hoy aceptadas como reconocimiento social —agregó Théo.

—Podríamos decir que Hegel fundamentó su teoría ética en el principio de reconocimiento —dijo el moderador, a quien le gustaba hacer de entrevistador vanidoso y agregó—: Me parece que, en los últimos años, se ha retomado nuevamente ese principio debido a las batallas de los diferentes movimientos sociales promoviendo relaciones de carácter igualitario, incluyendo hasta una buena relación con la naturaleza.

—Por supuesto, ya las relaciones no se miden, únicamente, en función de la distribución de bienes materiales. Esto ha permitido que la "conciencia" de justicia; o, mejor dicho: la idea de justicia, esté ahora más relacionada a cómo se reconocen los individuos unos a otros —añadió Edgar.

—Y volviendo un poco atrás, el contenido normativo de la moral puede ser explicado mediante las diferentes formas de reconocimiento mutuo para evitar el desprecio o la humillación del individuo —expresó Eglée—. Lo que Honneth ha llamado las sendas de la renovación. Yo personalmente creo que el socialismo funcionaría si lograra un igualitarismo con un nivel máximo de nivel económico y cultural —remató Eglée.

—Una consigna nueva al estilo Mayo del 68 podría ser: «Sí a la democracia económica, pero con un verdadero reconocimiento social» —dijo con soltura Théo.

—Entonces dices que, debido a la desregularización de los mercados capitalistas se ha ido demasiado lejos y es necesario refrescar las ideas socialistas —comentó con sarcasmo Edgar.

—Bueno, no es eso por sí solo, hay que redefinir la manera en que las sociedades liberales entienden la libertad desde un sentido normativo. Es importante revalorizar algunas esferas, como la de la vida íntima y la del trabajo satisfactorio, que en los últimos años han sido nuevamente marginadas —apuntó Amy.

—Cierto, hay que confrontar los privilegios —dijo con cinismo Eglée.

—Recuerden la importancia que para el Mayo del 68 simbolizó la apertura de los dormitorios para todos los sexos —dijo Amy—. Yo no puedo olvidar que André Malraux, ministro de Cultura para la época, intentó ridiculizar los eventos y argumentos estudiantiles, cuando dijo: «Ese movimiento es un carnaval, no una verdadera revolución».

—¡Cierto! Él no fue un entusiasta de ese movimiento extraordinario que deslumbró a los parisinos con su realidad fantástica, con sus momentos de magia, con las consignas, con la denuncia del sistema, con su proyección al futuro, con sus melancolías y alegrías. No fue solo una ilusión, también generó transcendencia en la sociedad francesa y una formidable repercusión mundial —dijo Eglée con alegría.

Todos estaban cansados de estar sentados en las incómodas butacas y apenas finalizó el programa, se pararon en simultáneo para caminar hasta una de las amplias ventanas al este del salón. Desde allí, miraron hacia el Cementerio de Montparnasse donde ahora se encontraban César, Julio, Porfirio y Jean Paul y al mismo tiempo oían que Eglée decía, como lo pensó muchas veces:

—La desconexión entre las indignaciones y cualquier noción atrayente del futuro, o entre la protesta y una visión de un fascinante porvenir, es en esta época moderna una verdadera disparidad. Pareciera que no hay en el presente ni siquiera un pensamiento quimérico. ¿Qué tal un mundo con equilibrio, autonomía y justicia, en lugar de autoritarismo, rebeldía y lealtad forzada? Ojalá algún día vuelva a aparecer la visión "utópica" de Mayo del 68 hecha realidad.

El sol se escondía lento, pero aparecería de nuevo la siguiente mañana iluminando el Cementerio de Montparnasse.